大
方
sight

THE 巧合制造师
COINCIDENCE
MAKERS

[以色列] 约夫·布卢姆 — 著
叶毓蔚 — 译 史梦阳 — 校译

YOAV BLUM

中信出版集团

图书在版编目（CIP）数据

巧合制造师 /（以）约夫·布卢姆著；叶毓蔚译
. -- 北京：中信出版社，2019.1
书名原文：The Coincidence Makers
ISBN 978-7-5086-9862-5

Ⅰ. ①巧… Ⅱ. ①约… ②叶… Ⅲ. ①长篇小说—以色列—现代 Ⅳ. ①I382.45

中国版本图书馆 CIP 数据核字 (2018) 第 279130 号

The Coincidence Makers
Original Hebrew language edition published by Keter Publishing House in Israel in 2011.
Original English language edition published in 2015: Copyright © 2015 by Yoav Blum
St. Martin's Press English language edition published in 2018
This edition arranged with JANE ROTROSEN AGENCY LLC, through BIG APPLE AGENCY, INC., LABUAN, MALAYSIA.
Simplified Chinese edition copyright © 2018 by CITIC Press Corporation
ALL RIGHTS RESERVED
本书仅限中国大陆地区发行销售

巧合制造师

著　者：[以色列] 约夫·布卢姆
译　者：叶毓蔚
校　译：史梦阳
出版发行：中信出版集团股份有限公司
　　　　（北京市朝阳区惠新东街甲 4 号富盛大厦 2 座　邮编 100029）
　　　　（CITIC Publishing Group）
承　印　者：北京盛通印刷股份有限公司

开　　本：880 mm×1230 mm　1/32　印　张：9.25　字　数：180 千字
版　　次：2019 年 1 月第 1 版　　　　印　次：2019 年 1 月第 1 次印刷
京权图字：01-2018-3127　　　　　　广告经营许可证：京朝工商广字第 8087 号
书　　号：ISBN 978-7-5086-9862-5
定　　价：48.00 元

版权所有·侵权必究
凡购本社图书，如有缺页、倒页、脱页，由销售部门负责退换。
服务热线：400-600-8099
投稿邮箱：author@citicpub.com

献给我的父母，是他们教会了我如何找到自己的道路，
也献给瑞秋，感谢她携手与我相伴而行。

"上帝不会掷骰子。"
　　——阿尔伯特·爱因斯坦

"爱因斯坦,别再对上帝该拿骰子怎么办发号施令了。"
　　——尼尔斯·玻尔

摘自《巧合绪论》
——第一部分

FROM *INTRODUCTION TO COINCIDENCES*
— PART I

看看时间线。

当然了,这只是一种假象。时间是空间概念,不是线性概念。

但为了我们的目的,看看时间线。

看着它。看看时间线上的每一个事件如何自为因果。试着找到它的起点。

当然,你找不到。

每一个现在都对应着一个过往。

这可能是你作为巧合制造师将面临的主要问题——虽然不是最明显的。

因此,在学习理论和实践、公式和统计之前,在开始制造巧合之前,让我们从最简单的练习开始。

再看一下时间线。

发现正确的点,把手指放在上面,简单做个决定:"这就是一切的开始。"

1

这里也是一样，一如既往，时机就是一切。

盖伊第二百五十次粉刷着自己公寓的南墙。时光倒退五小时，他还坐在小咖啡馆里，试着以一种精心算计过的姿态啜饮他的咖啡。

他的身体从桌前稍稍后倾，摆出多年自律带来的冷静姿势，小咖啡杯轻柔地握在手指之间，宛若一枚珍贵的贝壳。他用眼角的余光追随着收银机上方大钟的秒针。像往常一样，在执行任务之前的最后片刻，他还是能沮丧地感受到自己的呼吸和心跳，偶尔淹没了秒针的嘀嗒声。

咖啡馆半满。

他扫视了一下周围的人群，脑海中再次浮现蛛网穿过空气的情景，稀薄无形，却连接众生。

在咖啡馆的另一端，一个圆脸的少女面朝他坐着，头靠在窗台上，任那些熟谙少年浪漫心理的"营销术士"所制造的音乐通过细细的耳机线淹没她的思绪。她紧闭的双眼，放松的面部表情，一切都散发出安详的光芒。盖伊对她的了解不够，不知道这些表象是不是真的。此刻，这位少女并不是全局的一部分。她不该身处其中，只是背景噪声的一部分而已。

在这位少女的对面，是一对不安的恋人，看上去像是在进行一场友好的谈话，也许是对人生伴侣的"面试"，又或者是一场你来我往的俏皮话，用笑容和偶尔看向一旁的轻轻一瞥，来避免可能会产生亲密感假象的长时间眼神接触，从而安然度过这段聚会的时间。事实上，他们是匆忙恋爱又后悔不迭的典型案例。不管如何竭力阻止，世界上到处都是这样的恋人。

再往后一点，角落里坐着一个学生，他正忙着抹去他心中旧爱的痕迹。桌子上堆满了资料，上面是密密麻麻的笔迹。他凝视着一大杯热巧克力，沉浸在一种伪装成学术专注的白日梦中。盖伊知道他的一切，名字、病史、情史、沉思、梦想、小小恐惧。盖伊把一切都归档在某个地方……为了推测可能性所需要知道的一切，然后试图根据因果关系的复杂统计来安排它们。

最后是两个眼神疲倦的女服务员——但她们仍然微笑着站着——靠在紧闭的厨房门口，轻声地热烈交谈着。更确切地说，她们中的一个在说话，另一个听着，不时点头，给人一种"我听着呢"的讯息，尽管在盖伊看来，她正在考虑完全不相关的事情。

他也知道她的故事。不管怎样，他希望如此。

他放下咖啡，在脑子里计算着时间。

收银台上方的时钟显示，此刻距离下午四点还有十七分钟。

他知道，这家咖啡馆里每个人的手表所显示的时间都略有不同。快半分钟、慢半分钟，其实没什么大不了的。

毕竟，人与人之间的区别不仅仅是在地点上，也体现在时间上。在一定程度上，他们都在自己制造出来的时间泡泡里行动。按"将军"的说法，盖伊的职责之一就是把这些人的时间连接在一起，但又不造成刻意感。

盖伊没有手表。他发现自己从来没用过手表。他的时间观念强到不需要戴表。

他喜欢执行任务前感受到的这种温暖，几乎渗入骨髓。因为他知道，此刻他正要伸出一根手指，去轻推这个星球，或是天堂。他知道，自己会推动事物偏离惯常轨迹，顷刻之间走向完全不同的方向。他就像在画一幅宏大而复杂的风景画，不过没有用画笔和颜料，只要精准地轻转一只大万花筒就可以了。

如果我不存在，盖伊不止一次地想，他们得发明一个我出来。不得不如此。

每天都有数以十亿计的巧合发生，彼此呼应，彼此抵消，彼此改变，编织成悲喜交加的未来。没有一个当事人意识到这些。而他，凭一个简单的决定，看到了即将发生的变化，然后执行它。优雅地，静静地，悄悄地。即使这事最后大白于天下，也没有人会相信它背后的秘密。一如既往，他事前总是有点儿发抖。

"首先，"在他们刚开始这份工作的时候，"将军"就曾告诫过，"你们是秘密特工。其他人首先是特工，其次才强调秘密，但你们第一要秘密行动，然后在一定程度上才是特工。"

盖伊深深地吸了一口气，一切都开始了。

播放列表中一首曲子结束，下一首开始，他对面桌的那个少女稍动了一下。她动了动靠着窗台的头，睁开眼睛，盯着外面。

那个学生摇了摇头。

那对恋人仍然在互相打量，尴尬地轻笑着，仿佛除此之外再无其他笑法。

秒针走了四分之一圈。

盖伊呼了一口气。

他从口袋里掏出钱包。

与此同时，一声不耐烦的呼唤让两个女服务员停止了聊天，其中一个去了厨房。

盖伊在桌子上放了张钞票。

学生开始整理他的资料，仍然缓慢而忧郁。

秒针走过半圈。

盖伊将仍然半满的咖啡杯放在离桌边正好四分之三英寸的位置，杯子下压着钞票。当秒针走到四十二时，他站起身，向留在厨房外的女服务员挥挥手，示意"谢谢"和"再见"。

她挥手致意，朝他这一桌走来。

秒钟走过四分之三圈，盖伊走到阳光普照的街道上，从咖啡馆顾客的视线中消失了。

三、二、一……

角落里那个可爱的学生准备离开。

虽然这是朱莉负责的桌子,但现在她人在厨房,雪莉不得不过来照料。雪莉对此并不在意,她喜欢学生,喜欢这样可爱的年轻男人。事实上,可爱的学生简直是无往不利的组合。

雪莉摇了摇头。

不!马上停止这样的念头!别再想什么"可爱",什么"迷人",所有这些能让你辗转反侧的形容词了。

见过,爱过。你努力过,尝试过,高飞过,也坠落过。现在你学乖了。够了。一切都过去了。你要歇、歇、了。

另一个年轻人,那个有着忧郁眼神的人,正朝她挥手离开。

她认识他,如果每周一次的沉默来访可以算作认识的话。他会把咖啡喝得一滴不剩,只留泥状的沉淀物在杯底,就好像在等一个永远不会来的算命先生为他解读征兆,而钱总是工整地叠好压在杯下。他离开了咖啡馆,而她似乎感觉到他的脚步有一丝紧张。她走向他的桌子,故意不看向学生。

说到底,她只是个普通人罢了。整整一年过去了,但很显然,她仍然渴望来自另一个人的温暖,仍然不能习惯孤独一人。她需要变得坚强、坦率,像风雪中的一匹孤独而美丽的狼,或者沙漠中的一头雌豹之类的。年复一年的言情轻喜剧、甜得发腻的流行音乐,还有肤浅的图书,在她的脑海中构筑起坚不可摧的浪漫幻想。

但一切都会好起来的。

一定会好起来的。

她伸出手,有点失神。

她听到身后传来一个柔和的声音,于是转过头去。那个戴耳机的女孩正轻轻地哼着歌。

但在回头之前,她已经意识到自己犯了个错误。

她的大脑能即时感受到事物的发生,像原子钟表那样精确预测和计时。但总是慢了那么千分之一秒。

现在,她的手正在推那个杯子,而不是抓住它。

现在,这个不知何故离桌边太近的杯子,正在失去平衡。

现在,她伸出另一只手,想接住掉下来的杯子。但她没接住,杯子摔碎在地板上。她发出一声刺耳而沮丧的尖叫。

与此同时,那个学生,一个对此根本不感兴趣的年轻人,抬头望向尖叫声处,手往错误的方向动了一下,不小心把热巧克力泼到了他的资料上。

现在,布鲁诺从厨房走了出来。

该死。

"有时候你不得不冷酷一些,""将军"会说,"这事常有发生,也是必要的。我自己很享受。不是非要变成虐待狂才能理解。道理其实很简单。"

盖伊走在街上,数着自己的脚步,直到他允许自己转过身,从远处观望。这个时候杯子应该已经掉下来了吧。他打算看看，就看一眼，以确定一切都尽在掌握中，只是确认一下。这不是幼稚，而是一种健康的好奇心。没有人会注意到的。他现在在街对面。他完全可以这样做。

然后他就该去破坏水管了。

雪莉看到学生咒骂了一句，他挥舞着手臂，努力挽救写满笔迹的纸张。

她迅速弯下腰，收拾杯子的碎片，头撞上了桌子。

该死（又来了）。

她试着在不割破手的前提下收拾大块的碎片。她的鞋子上星星点点全是咖啡渍，像是一头迟疑不决的长颈鹿身上的斑点。

咖啡渍能洗干净吗？鞋子能洗吗？

她在心里怼天怼地怼全人类地骂了一通。这已经是她在这家咖啡馆的第三次了，而布鲁诺早就明明白白说过，这种事发生三次会是什么下场。

"放着吧。"她听到一个平静的声音如是说。

布鲁诺挨着她蹲下，气得涨红了脸。

"我很抱歉，"她说，"真的，这……这是个意外。我只是走神了半秒钟。真的。"

"这是第三次了,"布鲁诺生气地咕哝着,他不喜欢在客人面前大喊大叫,"第一次,我说这没什么大不了;第二次,我警告过你。"

"布鲁诺,对不起。"她说。

布鲁诺瞪了她一眼。

哦。大错特错。

他打心眼里不喜欢别人直呼他的名字。她通常也不会犯这种错误。今天到底是怎么了?

"放着吧。"他平静地说,每个字都加重了语气,"把制服还回去,带着今天你那份小费,给我走人。你不用再在这里工作了。"她还没来得及挤出一个字,他已经起身走回厨房。

盖伊跑了起来。

他仍然有很多事情要做。不是所有的事都可以提前准备的。总有那么一些细节要留到最后一刻去做,或者至少得确认能按照计划进行。

他还没到可以坐看杯子落地,然后静观其变的程度,仍然需要实时地推波助澜。

看起来不得不把大部分资料再复印一遍了。

一个女服务员——不是正蹲在地上捡碎片,就快哭出来的那位——拿着纸巾朝他走来,帮他擦去还没渗进纸张里的饮料。沉默中,他们很快清理干净了桌面。他把大部分资料留在了桌上。

"你可以把这些全扔掉,"他对她说,"我再复印一下就好了。"

"真是太糟糕了。"她说着,同情地抿了下嘴。

"麻烦结账。"他接着说,"我得走了。"

她点了点头,转身离去。他闻到了她身上的一丝香水味,脑海中回荡起细微而遥远的警示,是莎伦的香水味。

他唯恐避之不及。

他眨眨眼,继续把没弄湿的资料放进包里。桌子已经擦得闪闪发亮,服务员把账单递给了他。

他甚至没注意到自己在她走近的时候屏住了呼吸,只为了不再一不小心闻到她的味道。

直至她走开,他才将目光从账单上移开,发现那个打翻杯子的服务员已经换上了自己的衣服,正要离开咖啡馆。

盖伊坐在公交车站里,打开小笔记本。

她应该看不到他坐在这里,但为了以防万一,他假装在读笔记本。

他翻到自己制造的第一场巧合。这项任务是要令一家鞋厂的某个雇员失去工作。对方是一个才华横溢却不自知的作曲家。首先，盖伊要安排他被解雇；第二阶段，盖伊要设法使这个人接触音乐，以激发他的作曲灵感。

对于一个初出茅庐的巧合制造师来说，这已然是一项相当复杂的任务，但不如其他梦寐以求的任务令他激动。

盖伊记得，当时的他十分自命不凡。他想做的事远超自己的规划能力。根据笔记本里的记载，他想起自己使用的手段包括一头易受惊吓的山羊、流感暴发，甚至通过停电让整个工厂处于瘫痪状态。

毫无疑问，他失败了。工厂解雇了另外一个人，因为他没有精确计算员工到达的时间。那个时候，他只考虑了个体，没有考虑个体与大局的联系。他没有足够关注作曲家住处附近周四早高峰的规律，而另外一个人在盖伊以为目标会出现的时间来到了工厂。

整个执行计划写了整整四页。四页！该死，他以为他是谁啊？

五个月后，另一个人安排了这次事件。他还设法为那个无辜受累的员工找到了新腾出来的职位。盖伊不知道具体是谁执行的。他只是在想，因为自己的失误，说不好些乐曲都错失了被写出来的机会。

并不是所有错误都可以被弥补。很多时候都没有第二次机会。

马路对面，他看到那个打翻了他杯子的女服务员已经走到了公交车站。

那一刻，似乎整个世界都围绕着她在人行道上有节奏的脚步声，还有她的手臂擦过衣服发出的一声轻轻的"唰"，和衬衫商标轻触后背的声音。心情烦躁的时候，她总会关注这些无关紧要的细节。

这一点，她不久前才体会到。

但奇怪的是，现在让她烦躁的并不是突如其来的解雇，而是事态发展超出预期这一点。一切就这样在瞬间改变了吗？生活本不该如此。不管是好事还是坏事，生活应该慢慢地把信息传递给你，而不应该把石头扔进你的池塘，恶毒地笑看着激荡起的涟漪打破水面的宁静。为什么她总觉得今天所发生的一切，就好像是拐弯的时候迎面撞上一个不熟的点头之交一样？

刚刚下过一场雨。尽管街道沐浴在明亮温暖的阳光里，空气中还是弥漫着新鲜的气息。一股棕色细流沿着街道边缘流向下水道，一辆粗鲁驶过的公交车把脏水溅了她一身，鞋子又湿了。她错过了公交车，这已经见怪不怪了。

身体没有受重伤，也没发生类似的事情，忍忍吧。明天就会好多了。明天，她就有时间评估损失，检视自我，再合理地决定接下来该怎么办，又该去哪里。

她在心里责怪自己太戏剧化。她被解雇了，这没什么大不了，不是值得她向孙子孙女或心理医生重述的所谓"成长经历"。只不过是糟糕透顶的一天。你很熟悉这样的日子，并与之为友。别那么戏剧化，拜托了。

她伸出手来。下一班公交车可能要等一个小时。最好是打个车，回去洗个长长的澡，爬上床，一觉睡到明天。明天再说。可以找找哪里有新的工作，想想如何支付下个月的房租。还可以看看这双鞋该怎么洗。

盖伊有点担心。她看上去不够沮丧。他预计的是中重度沮丧。

其实，没那么沮丧或许也是件好事。至少，她会保持开放的思路。

另一方面，经历点挫折，点缀些许悲伤，她可能会渴望有一个人可以依靠。

或者反而会令她更不合群。

我应该把各种可能性都考虑在内。盖伊心想，我真是个白痴。我应该提前就沮丧程度做更精确的估算，把所有事关选择的失误可能性降到最低。这是第一个教训。好吧，其实也算不上第一个。可能是第五个。

也可能是第十个了。我都数不过来了。

总而言之,她看上去不够沮丧。

"怎么了?"他问。

一个路人停了下来。"什么?"

"发生什么事了?"他又问,"车怎么都停下了?"

"有处水管爆了,"对方回答,"封路了。"

"噢,谢谢。"

他会开车绕过去。先在这边右转,然后接着左转,就会开上和这条街平行的路,然后就到了……不对,那里没有入口。或许他应该右转两次然后通过单行道左转。也许那条街根本不是单行道,而是死胡同?莎伦总是嘲笑他:"城里都能迷路,你当时是怎么完成军官培训的?"

"城里可不一样。"他会这么回复。

"理应更简单才是。"她会说。

"还好你当时没在课上。"他会这样跟她说,"你会完全扰乱我的注意力。"

然后她会露出标志性的微笑,头稍稍一歪。一个简直犯规的蒙娜丽莎式微笑。

"不,其实不是。"他会说,"地图、街道、图表、方向,我脑子里一团浆糊。现在在我看来,只有两个方位,一是在你身边,二是不在你身边。所以我怎么会记得该如何开车去看电影，嗯？你得告诉我。"

然后她会稍稍倚过来，在他耳边轻声说："左转，到了街区的尽头右转，再在环形广场直行，我的指挥官。"

资料毁了——那又如何？他不会让这种事毁掉今天……或者任何一天。任何一天都不行。

他会回到家里，把所有这些废纸扔进公寓最黑暗的角落里，下载一部喜剧，他所能找到的最无聊的喜剧——比如讲大学生的，或神经兮兮的英国人，或者语速很快的西班牙女人——然后他会坐下来，手里拿着啤酒和花生，毫无愧疚地去享受。

然后去沙滩，这也有可能。

无论如何，啤酒都是重要的一环。要是没有，那简直是在侮辱啤酒。不要糊弄啤酒，了解到这一点，他付出了惨重的代价。

他将头往后仰，愉快地大笑起来。每当推迟了与研究相关的工作，他都心情不错。特别有生气。他喜欢这个"领域"——他快乐而美好的领域，能不带任何责任，把人生看作你需要倾倒而出的东西。

他想，有一天我会成为一名禅宗导师。到那时我会让人们坐在车里，让他们对着自己的人生去吼叫，去大笑。

但在那之前，我们要当个好人。我们帮助老太太，让人搭便车，买一朵鲜花随手送给街头一位年轻女性。他再次愉快地大笑起来。

人们对事物的反应各异。

人们亦各有弱点。盖伊在研究中发现了这个学生的弱点。

不过除了在城里容易迷路这个弱点外，其他的对盖伊来说都不算什么。

所以他安排这个学生前一晚上观看了军事纪录片。他喜欢通过改变电视节目表来影响一个人的思想。这相对容易，而且是一个很合适的赌注。他可不敢下比这更大的注了。

学生看了这部片子后，盖伊觉得机会来了：这个学生离开咖啡馆后，会问自己该往哪个方向开，那个时候，类似"左、右、左"之类的想法会涌上他的脑海。不管哪一种情况，其他的路都不通。

她等得有点太久了，得拦到一辆出租车才行。她懒洋洋地再次挥动手臂，盘算着这周能不能再找份工作。

就在她得出这周没戏的结论时，一辆蓝色的小车停在她身边，车窗开着。

她心不在焉地简单地说了下自己的目的地,便上了车。关上门后的瞬间,她意识到这不是出租车。显然,她无意中搭了个便车,而坐在她旁边的,正是咖啡店的那个学生。他坚持说她朝他挥了手……

他发动车子,对她笑笑,开动了。

现在,他们向前驶去,脚下的大地即便想要吞噬她,也无能为力了。

她很可爱,也很文静。对他而言,这是一个危险的组合。

你总是忍不住要幻想自己和遇到的每一个女性生物都谈上一段情,他责备自己。过好你自己的日子吧,朋友。

可是,说实话,要是现在我带着啤酒去海滩……

他确实努力想要压抑内心想法的,这点得承认。

她默默地数到整整一分钟的时候,他终于忍不住开口了。

"他没有朝你吼得太过分吧?"他微微笑着问。

"哦不,他不是一个大喊大叫的人。他生气的时候只不过语气比较重而已。"

"语气重?"

"一字一句。就像是砾石一样。"

"这次重到什么程度?"

"他把我炒了。"她耸耸肩。

他朝她瞟了一眼,略带担忧:"真的?"

"千真万确。"这个词从她嘴里发出来,有一种从来没有过的尖锐与简洁。她想,对话到此为止吧,朋友。希望你领会到了。

她的性格中有这样的一面,在闲聊中会表现得很不友好。她会打破约定俗成的问题和显而易见的回答,说一些不合宜的字眼或者句子,让人陷入沉默、觉得不快,让人不自在地扭动身子,并觉得:"好吧,她真——是不愿意再多说一个字了。"

别再和我谈工作了。别再跟我说话。开你的车。我只不过凑巧上了这辆车而已。你只要开车就好了。

"我,呃,很遗憾。"

"我也对你的资料表示遗憾。我看到巧克力全泼到你的笔记上去了。"

"没什么大不了。我再复印一下就好了。"现在轮到他耸肩了。

"好吧。"

"真的不算什么事啦。"

"我懂。好,那我不必再遗憾了。"她自顾自笑笑。

"呃,是啊。"

"我是丹。"

"雪莉。"

"我有个表妹也叫雪莉。"

关我屁事？"是吗？呵呵。"

"是的。"

盖伊数着自己的呼吸。这本应该比数秒更有效，但一旦他的呼吸变得不规则，就会有点问题了。

他从包里拿出手机，等了一小会儿。

然后又一会儿。

你可以把这通电话视为一种"保险"，不是吗？

他拨起了电话。

"我把你放在你要去那条街的街角，好吗？再往前开就是单行道了，呃，我想。"

"好极了，没问题。"她努力挤出一丝笑容。

"你住的公寓是不是很靠近沙滩？"

"是，挺近的。"这算是向前迈出了一步。

"你常去沙滩吗？"他再次尝试。

"有时候，也不算太经常吧。"往回退了两步。

"我偶尔会去。还是很有助于清醒头脑的。"

"事实上并非如此。海浪的声音经常打断我的注意力。"

"你不一定要集中注意力才能理清思路。"

"随便你怎么说吧。"

她笑了。这是一个善意的微笑。通常来说，微笑总是好的，不是吗？

"今晚我可能会去下沙滩。你想一起去吗？"

"听着……"

"真的，没什么别的意思。我会带点啤酒，如果你愿意可以带点小零食。只是坐一会儿，聊聊天。我是认真的。"

"我不这么认为。"

"当然了，一般来说，我会等到咱们俩自然而然开始聊天。用各种陈词滥调来逗你。我不是那种操之过急的人，只是我们马上就到了，所以……"

"我没那心思。"

"什么心思？"

"恋爱。"

"压根没有？"

"没有。"

"像修女那样？"

"更像一种罢工吧。"

"为什么？"

"一言难尽。"

"你罢工有多久了？"

"我不觉得这值得……什么声音？"

"我想是从你的包里发出来的。"

"啊，是我的手机，该死。"她手忙脚乱地一顿乱翻，好不容易找着了。"喂？"

"你好。"

"你是？"

"请问是唐娜吗？"

"不是。"她感觉自己的眉毛都恼怒得上扬了。

"喂？"

"不，不，我不是唐娜。"

"唐娜？"

"这里没有唐娜。你打错了。"

"喂？"

"打错了！打错了！"她吼了起来。

她关了手机，扔回脚边的包里。"唉！这都什么事儿。"

盖伊把手机放回兜里。

好吧，现在他所能做的就只剩心怀希望和回家了。

然后刷墙。

"好了,我们到了。"

"太棒了。多谢。"

"所以,我再也见不到你了?"

"是的,因为我丢了工作。"

"你也不打算终止'罢工'?"

"不打算。"

"我神智很清醒。顶级专家检验过的。"

"对此我深信不疑。"

他最后露出微笑,眉毛上挑:"连千分之一的机会都没有?你不打算给我留个电话?"

他早就应该放弃了。

"不,谢谢。"

终于脱身了。

墙上有一幅最近一次任务的图表,巨大而详细。一个圆圈里写着"雪莉",第二个圆圈里写着"丹",无数条线从它们中间分叉出来。

边上是一长串关于性格、志向和愿望的清单。

还有数不清的圆圈，用蓝线（需执行的行动）、红线（风险）、虚线（可能发生的事情）和黑线（必须纳入考虑的联系）连接着。每个圆圈里都以纤细而迟疑的笔迹写着一个注释——"布鲁诺""朱莉娅""水管""65路公交车"，以及几十个表面上毫无关联的元素，像是"基本训练与梦想——纪录片电影""大卫，电缆公司技师""莫妮卡，大卫的妻子"等。左下角则有一片用来计算的地方：要留多少咖啡，才能让掉在地上的杯子足够触目惊心，朱莉娅的香水瓶里要留多少香水，每小时管道里需流淌多少水量，巴士在路上遇到的水坑深度，以及女孩们喜欢哼唱哪些歌曲。

除此之外，还有一长串空调技师的名单、和塘鹅有关的种种话题清单、至少九家银行的登陆码、爱尔兰啤酒的成分、三个国家的电视频道节目表、如何用各种语言说"祝你好运"、时区、秘鲁和山羊奶之间的关联，还有其他数以百计的细节以不同颜色的小字写出，用线条连接起其中隐含的各种各样的可能性和次可能性，还有所有能指向同一个要点的内容、想法和组合。

是的，毫无疑问他已经过了靠笔记本工作的阶段了。

"你好。"

"你好。"

"是丹吗?"

"是。"

"我好像把我的手机落在你那边了。"

"没错,在车地板上。"

"我以为已经放进包里了,现在想想应该是扔地上了。"

"显然是。看来你最后还是留下了手机号,至少留下了手机。"

"看来如此。"

沉默,无言,但仍然带着一丝丝的期待。

"呃,能麻烦你拿给我一下吗?"

"当然可以。"

"太好了。"

"但我有个更好的主意。"

"什么?"

"我在沙滩上。欢迎你过来领回你的手机。"

"呃,好吧。"

"太好了。"

"我大概需要十五分钟左右的样子。"

"不急。"

"好的,再见。"

"对了……雪莉?"

"什么事?"

"我这边有点喝的。如果你不介意的话,带点零食来如何?"

在愤怒中扔电话的角度,孤独的心防上出现的细长裂痕,在车里久久回荡的快乐的嘶吼——一切都经过了精确计算,一切最终都会汇聚于一点。

"好吧。"

夜晚。海边。又是一对年轻男女席地攀谈。没有什么不同寻常的。微笑谨慎地掩藏在黑暗下。地板上铺着报纸,这面从各个角度审视世界的墙壁上,又覆上了一层油漆。

在某一个并不存在的机场里,电子显示屏上"爱——抵达"这一条目下又增加了一条新的记录。

原因一栏里,亮起了"二级偶遇"。

又一天过去了。

2

第二天一早盖伊醒来的时候,空气中仍然弥漫着似有若无的油漆味道,尽管阳台的门整夜开着通风。

他心里自我赞许了一番。睡到自然醒是个好兆头,你已经开始变成专业人士了。

专业到顺利完成任务后即安然入睡。专业到在完成自己的工作后便迅速抽身,而不再反复检查客户情况。专业到不会再一夜不眠,只是为了能捕捉到信封被塞进门缝的瞬间。

只不过他从来没能把握到那个瞬间。

或迟或早,他总是会睡过去。有时候打个盹儿的工夫就足够了。当他醒过来,会发现有人来过了,将褐色的信封从门下塞进了他的公寓。

他记得有一次,在通过自己的精心安排成功阻止一位女士的出轨行为后,他躺在床上,肾上腺素让他激动不已。公寓里一片漆黑,但是他在门口的位置留了灯,同时把自己的床移到一个可以看到信封塞进来的角度。

他记得自己紧盯着时钟,时间是4∶59。因为太过疲倦,他眨了一下眼,打盹儿了片刻,当再次睁开眼的时候,时间已经是5∶03,大大的棕色信封已经躺在光亮里,轻蔑地嘲笑他。

他从床上一跃而起，落地的时候不小心扭着了腿，但还是跑到门前，把门大敞开，迅速地四下张望，楼道里空空如也。他侧耳倾听，听不到任何脚步声。于是他迅速做出决定，不顾背后房门大开，也不顾双腿疼痛难忍，趔趔趄趄两步并一步冲下楼梯，一路上紧抓栏杆，以免每步都痛到尖叫，直至冲到街上，像疯子一样左右搜寻。

街道空无一人。第一缕明亮的阳光开始温暖冰冷的寒夜。

盖伊站在那里，微微发抖。寒冷的早晨，他昏昏欲睡的理智震惊地处理着从倦怠的安憩到在寒冷的早晨中痛苦狂奔这种迅速转变。些微的冷颤向他传递了一个模棱两可的信息："告诉我，你失去理智了吗？"

他转身回家。走上楼梯之后，他决定以后再也不关心究竟是谁把信封塞进来了。

他可是专业人士，不是吗？

其他一切都跟他没什么关系。他必须完成工作，以一种干净利落、自然而然的方式来执行到位，仅此而已。

他慢悠悠地坐回到床上，在接下新任务之前品味着余下的片刻。

很快，他会从卧室走到起居室，看到装有新任务的信封放在门内。第一页包括本次任务的综述。最近他接到不少做月老的工作，可能这次会有所不同。

这些任务可能是改变世界观，团结家庭，化敌为友，播种灵感的种子，激发出艺术作品或全新见解，幸运的话也可能是突破性的科学发现。谁知道呢？第一页上写的就是这些描述：牵涉的人员、综合背景、他必须接触的人物圈子以及关于遵守时间表的惯常提醒。

然后他会发现几本包含相关人员信息的小册子。姓名、地点、影响、不同状况下做何决定的数据统计，还有自觉和不自觉的信念。还会有一本小册子，说明了要制造的巧合以及必须要避免的余波。最近，他被指派为两位未来的恋人做月老，但任务简报要求，这姑娘在遇到男方之前不能见到他的任何家庭成员，而且，在他们相识的过程中不能出现酒精类饮品。

几个月前，他收到的一份简报特别叮嘱，在一项使客户对死亡产生新理解的巧合制造任务中，他不能使用急救医疗。这就有点麻烦了。

简报的最后几页会特别注明短期内可以采取哪些"大范围"行动，前几天的那场水管爆炸就是其中之一。事实上，简报几乎是要求他们这样做，因为这些行动意在同时推动一些更复杂的巧合（很显然，是四级那种程度的）。盖伊也可能不用水管就完成任务。有无数种办法可以封住一条路。

这种大范围行动总是会产生一些问题。如果简报内没有明确地进行限定，将很难预测其影响范围。也许预测是可能的，但可能需要一张十层楼高的图表才能做到。盖伊还没有达到那个水平。但假以时日，他终会达到的。

一如既往，还有一页没人会当真的弃权书："特此申明，本人郑重决定辞去现职……"诸如此类。

他来到起居室，任务信封已经在此等候多时了。

他允许自己暂时忽略它，转身到卫生间，依然睡眼惺忪。

昨天晚上,他又做了那个梦。每一次地点都不同,却都是同样的情景:模糊的画面中,他站在森林中心,在足球场中央,在巨大的银行保险箱里,或是在柔软的云上……

而昨晚的梦中,他出现在沙漠里。坚硬而皲裂的土地绵延数英里,在他面前铺展开来。一望无际的黄褐色地表上,是干涸破碎的折线。他四处张望,只看到荒芜的地平线,而烈日当空,正炙烤着他的头顶。

在梦里,一如既往,他知道她站在身后。背对着背,他能感觉到她在那里。只会是她。

他试着转身,将目光从荒芜的景色中移开,将身体转向她,与她面对面。可他的身体一如既往地不听使唤。他感到脖子后面一阵微风,想说出她的名字,却惊醒过来。

每隔几天,就像一个不知趣的烦人朋友一样,这个梦不请自来,每次都稍带着不同的变化。这让他开始感到厌倦。

什么时候才能做个正常的梦呢?

刷牙的时候,他任由轻微的油漆味和新任务的兴奋唤醒了自己。他喜欢在打开任务信封之前稍作等待。再等一个小时,等早上该做的事都安排妥当,盖伊觉得自己思维敏捷、充分清醒以后,他才会坐在沙发上,把咖啡杯放在桌子上,手指带着熟悉的微颤,打开信封。

今天的信封异常的轻薄。他心生疑虑,发现里面只有薄薄一张纸,上面简单写着时间、地点以及一句话:"介不介意我给你来个当头一棒?"

摘自《巧合制造中的技术手段》
——第一部分

FROM *TECHNICAL METHODS IN COINCIDENCE*
MAKING — PART A

巧合制造史学家有一个共识："陈词滥调法"是巧合制造的三个最古老的方法之一，即便在杰克·布拉福德正式创建经典巧合制造法之前就已经出现了。

"陈词滥调法"常被认为是最实惠、最简单的技巧，也是新手和学徒上手试验的最安全操作。因此，你将在课程的第一个月对此进行实践。然而鉴于其所具有的复杂性，正如弗洛伦斯·班舍特的研究所示，教练会提前设定各种话术，而该课程的学生主要练习技术部分，比如强度、措辞、停顿以及与目标的间距或相对位置。

接下来的数周里，你将被分配多种多样的话术并反复练习，然后在教练指定的地点和时间进行操练。

"陈词滥调法"有三种惯常的方式，我们将在课程中逐一练习。首先我们将进行排练，然后在人多的地点进行实践，例如在保健诊所、电影院和银行针对排队人群，以及在演出的观众中和繁忙的餐厅中进行演练。学生将练习在精确的时间抵达精确的地点，以确保能在目标对象听力所及范围之内讲话。通常而言，这种安排是为了给目标的脑海中植入不会出现在其惯常思维里的念头，从而唤起全新的思考过程。当然了，在讲这些陈词滥调的时候应对第三者讲，令目标对象感觉能听到这些纯属巧合。

经典陈词滥调法。在经典陈词滥调法中，人们会使用常见的陈词滥调。举个例子："有志者，事竟成""求人不如求己""覆水难收"之类的。如今，我们只在排练阶段使用这些，因为已经很少有人仍然会为这些经典的陈词滥调所触动。研究已经表明，公众对此持免疫态度。

后现代陈词滥调法。通常采用的是反陈词滥调。"这个小笨蛋没戏啦"是后现代陈词滥调法的第一次应用，是这种方法的奠基者迈克尔·克拉蒂尔在一次赛马比赛中说给骑手听的，并且获得成功。对于那些还没完全陷入绝望的目标，这种反话通常会激起强烈的反应。但教练需在应用之前负责对目标进行研究。

量身定制陈词滥调法。这是目前最流行的一种陈词滥调法。巧合制造师必须深入研究目标对象的性格，以便发现可能影响到目标的关键词、事件和联系。学生们在完成个性分析导论课后，在课程的第二阶段才能练习这种方法。

陈词滥调法应用规则

1. 两人一组。人们往往不相信自言自语的人。两个人之间也能相互纠正、鼓励和评论。在对话开始的阶段，先轻声细语，直到说到陈词滥调时再提高音量。单人陈词滥调法（比如假装在打电话）只能由那些经过认证的巧合制造师执行。

2. 相关信息只传递给目标。如果你发现一个路人可能会听到你的话，请确保这个人不会受到影响。陈词滥调法发生的错误有20%是因为信息被错误的人吸收。

3. 玩世不恭和讥讽的巧妙运用——对于后现代陈词滥调法的使用者来说，存在着用玩世不恭和讥讽来交流信息的倾向。要确保你的客户能够理解其中的微妙之处，谨慎使用。

4. 后续跟进——不打算采取后续行动的话就不要开始！始终检查你的表现是否取得了预期的效果，并在推进前根据需要进行修正。

3

飞机近乎完美地着陆,数分钟后完全停稳。

"禁止吸烟"的指示灯熄灭了,乘客们从座位上起身,纷纷奔向出口,像是参加一场毫无意义的赛跑,急着回到真实世界——那里,只有冰箱里才会自动亮灯,洗手间里可不会。

北半球最冷静、最有效率的职业杀手仍坐在他的座位上,耐心地等待所有人离开。他总是很有耐心,这样一趟飞行当然也没有理由改变他。他成功忽略了自己感受到的某种兴奋。也许"兴奋"这个词太过了,"准备就绪"更合适。在一个他从没去过的地方一击必杀总让人感到耳目一新。飞机一起飞,他就觉得自己的肚子里好像有个小小的硬球,现在降落了还没消失。他不知道这种奇怪的感受是真的来自行动前久违的紧张感,还是源自对行李的担心。

也可能是和他吃的东西有关。

姑妈做的肉丸子总是让他感觉不舒服,从小就是。可是那时候他只是觉得肚子里有股气,而不是像现在这样,好像有一个又小又结实的铁球在他体内滚动。尽管如此,杀手感觉到的显然是某种焦虑。他只盼着对着电视机里的拳击赛打半个小时的盹能让他的头脑冷静下来。

他就是肚子有点不舒服，仅此而已。

他下了飞机，朝空姐微笑示意，对方回以一个机械的笑容。他在舱门口停留片刻，从舷梯顶向外看，烈日当空，炎热异常。可能必须得买副遮阳墨镜了。

走下舷梯时，他想着这些日子自己没有墨镜是怎么过的。墨镜可以说是他这个行业的一种身份象征。作为一个有自尊心的杀手，怎么能没有墨镜呢？

我真的是一个有自尊心的杀手吗？当和其他五十个跑在他前面的人挤在摆渡车里时，他不免心生疑惑。人们对待他和对待一般的杀人犯可不一样，这是他与众不同的一部分。他行事与一般杀手不同。可能他不像一个有自尊心的杀手，更像是一个……自恋的旅行代理人？但自恋的旅行代理人通常会戴墨镜吗？一贯藏在他袜子里的弹簧刀又怎么说？这可一点都不舒服，每次走路的时候都会硌他，让他分心。如果他真的开始当自己是一个旅行代理人而不是受雇的杀手，那么是不是他也可以像正常人一样，不用把枪放在枕头下面也可以安然入睡？

当你被职业选择而非自己选择职业时，就是如此。所谓的"正常"，不过是说说而已。

很少有人知道他的名字。出于保密原因，这并不必要。主要原因是，对于他这一行，人们对名字并不感兴趣。

人们更容易记住绰号。黑死病、黑寡妇、歌唱的屠夫、沉默的刽子手——诸如此类。拥有一个能被轻易记住的绰号是个优势。只有少数人真正认识他，往往还是那些想劝说别人雇用他的人。这种劝说常常以类似执行概要的形式开头，面对的通常是那些不真正管事的人，虽然其中偶尔有一些人会自以为是。

这种概要一般是这样开头的："他非常的、极其的有效率。"毫无疑问，都是积极正面的说法。然后那个自认为管事的人就会问："那他怎么叫这个？"然后这个说服者就会避而不答："而且，他非常的、极其的不多嘴。"

于是那个管事的会把他的头从这边转向那边，暂时搁置这个困扰他的问题，想搞清楚"你的人"是不是能胜任"这份工作"。等听到满意的细节回答后，又会再问一遍"那他怎么叫这个？"然后得到的回复是："这只不过是一个绰号。说不定跟他以前的工作有关。"有些真相并不需要公之于众，或者，至少要在"这份工作"完成之后再说。

他坐在酒店15层房间的床上，映入眼帘的是波光荡漾的海面。行李箱放在右边，笼子放在左边。

"那是大海，格雷戈瑞。真是漂亮啊！"

格雷戈瑞没有回应。

"我希望你在下面行李舱里没有受太多苦。"格雷戈瑞忙忙碌碌，并没有心情对话。

"好吧，"他说，"我去给你拿点吃的。"

格雷戈瑞嗅了嗅空气。他是真的有点饿了。

人们可以称他为"北半球最安静的杀手"，但这个叫法绝不会流行的。可能是因为太长了，也可能是因为人们想要些与众不同的、特别的东西，他由此被称为"仓鼠男"。

他也不在乎。他喜欢格雷戈瑞。

他把格雷戈瑞从笼子里拿出来安抚它，而肚子里的小球开始变得越来越小，直至几近消失。

4

艾米丽和埃里克坐在老位置等着盖伊。

艾米丽背对着窗户，因为"这样一来，光线可以让我看清每一个人"。埃里克所坐的位置则可以令他看到所有进入咖啡馆的人，连窗外街道路过的姑娘们也一览无遗。"这纯粹是职业病，"他会说，"我一直在练习。"

"练习？"盖伊会笑着说，"没毛病。"

"你好像不怎么信嘛。"埃里克会往后一靠，举起他的橙汁，就仿佛那是一杯只混合而没搅拌的马提尼酒。"对我们这行来说，保护自己的直觉，不断发现人与人之间隐秘而无意识的相互影响，还有观察细节是如何影响到进程的，这些都很重要。你懂的。"

"没错。"盖伊会耸耸肩，"我懂。"

"而且，"埃里克还会说，"世界上有这么多的美在等着我们去发现，错过的话太可惜了。"

"我知道昨天你搞了一场非常成功的巧合。"埃里克在盖伊坐下的时候对他说。

"算是吧。"盖伊咕哝着。

"据我的了解,好像又做了次媒。"艾米丽说。

"差不多吧。"盖伊回道。

"有时你太容易让人看穿了。"她说,"每次做媒成功,你都不会准时来。我还以为经历过这么多次以后,你不至于还会如此激动。"

"这是我最喜欢的那种任务。"盖伊说,"我就是忍不住。"

"你是个卑鄙的民粹主义者。"埃里克断言,"与爱情有关的任务是最可能反复的,从统计学的角度来看,这种任务的投入产出比是最低的。你不过就是紧盯着评级看,干的活儿少,利润高而脆弱。"

"那你怎么衡量产出呢?"艾米丽问。

"你什么时候开始根据评级给任务分类了?"盖伊问。

埃里克用叉子戳弄着盘中的一摊糖浆,二十分钟前,下面还有满满一大堆的煎饼。"关键就在这,我并没有给任务分类。我一直以同样的方法,甚至同样的重视程度,去对待接手的每一项巧合制造工作。过程比结果重要。你需要优雅、有范。这有点像魔术师——你让观众盯住一处,然后在其他地方做别的。"

"他又来了。"艾米丽说。

"啊哈。"盖伊说着翻了个白眼。

"随便你们怎么说,但伟大的巧合制造师都注重优雅、流畅。巧合是艺术品,而不是因果关系的简单集合,导向……"

"所以这回,'怎么做'比'是什么'更重要的原因是'艺术'吗?"盖伊问。他转向艾米丽:"上一次是怎么说的来着?"

"我想他上次是用了'多样性'这个说法,"她回道。

"哦,对了对了。'如果某天你不想起床,发现憎恨自己所做的一切,那你就应该避免一直去做同样的事。'"

"差不多吧。"

"当然,我忘了加上手势。"

"没事。你成功地传递了那种感觉。"

"谢谢。"

"不客气。"

他们朝他一笑。

"你们真是可悲。"埃里克说,"我把宝贵的精力浪费在你们身上,而我本可以用这些精力制造一个精彩的巧合,把我带到公交车站那个红色短发的姑娘那里。"

"确实是。我们的确是可怜虫。"盖伊说。

"好啦,说真的,"埃里克说,"举个例子,看看那个巧合制造师吧,叫保罗还是什么来着。他兼职为一个艺术项目工作三年,为《绿野仙踪》配上了摇滚专辑《月之背影》。太精彩了,太精彩了!"

"但是埃里克,没人真正遇到过你所说的什么保罗。那样的巧合从来没有真正发生过。"艾米丽说,"这只是课堂上用来激发学生兴趣的一个故事而已。"

"哦,得了,上网查查,这事的确发生过。一项伟大的任务,那个保罗靠一己之力筹划了一切。真是个天才。"

"早餐来了。"服务员说着,突然从盖伊背后蹿出来,把一个堆了煎蛋卷、面包、黄油以及小份沙拉的盘子放到他面前。"薄荷柠檬水马上就来。"她补充道。

盖伊吃惊地抬头。他总是点同样的东西，但没想到服务员会记住。

"知道吗，有时候你真的很容易被看穿。"艾米丽笑着说。

他点点头，低头看盘子。卡桑德拉突然出现在他脑海中，对着他大笑。回忆涌上心头。"你？别担心，你永远不会挡到我的视线，我能看穿你，透过你看到整个世界都行。"

盖伊、艾米丽和埃里克初识在三年前巧合制造师课程的第一天。一起为"将军"工作了十六个月，任何三个人，哪怕是像他们这样个性迥异的三个人，都能变得亲密无间。更不要说，整个班级也就他们三个人。

在那十六个月里，他们三个人一起学习正史和或然历史；翻阅了过去一个世纪里巧合制造师留下的超过五百份报告；面对着一栋大楼在车里坐了整整一夜，只是为了证明或者推翻墨达尼开门频率理论；用最近新闻报道的每一件事情一再相互测试可能存在的因果规律。

在他们研究如何量化人们采取某种行为而非另一行为的几率时，发生了一些事情，让人觉得那些与你最亲近的人变得异常真实。

他们曾自称"火枪手"（一直到他们自己觉得太蠢而不再提及），乐于拿着对今天新闻的分析去打赌明天的头条会是什么。偶尔他们会彼此设置小挑战。在埃里克某次下注后，盖伊曾经设法让整个楼层的人在同一天晾衣服。而经过两个月令人沮丧的尝试，艾米丽能让中央公交站在半个小时内只停靠车号能被三整除的公交车。在此之前，盖伊曾断言艾米丽至少需要花六个月的时间才能搞清楚公交车进站的规律，以及它们彼此之间，加之与城市中其他交通工具之间的复杂关系。

埃里克几乎能在一周内成功完成任何挑战。他同样热衷于不停地到处宣讲自己的成功，直到最后大家都不再给他挑战，而是请他当"裁判"。

课程结束之后，他们仍然每周至少一次早餐聚会，彼此分享最近在做的巧合工作和经验。

"所以你现在在做什么呢？"盖伊一边嚼着自己的煎蛋饼，一边问艾米丽。

"我还在忙我那位诗人的事。"艾米丽说，"这个人挺难搞。我还以为，诗人都应该是那种憎恶平静、渴望生活的梦想家，觉得生活每时每刻都充满着意义。"

"你会惊讶于他们的思想能有多传统，就像是会计一样。"盖伊说。

"他现在就是会计，是吧？"埃里克问。

"是的，"艾米丽耸了耸肩，"我试着引导他发现自己的写作欲望，不过没能成功。他是唯物主义者——你懂的。他认为我们都是具有进化机制的基因机器之类的。毫无灵感，也谈不上理想主义。"

"你试过安排一些非凡美景之类的吗?"盖伊问,"可以刺激他兴奋腺的那种?"

"这个家伙住在城里一间三卧室公寓里。"艾米丽叹了口气,"他每天早上七点半上班,一个人吃午饭,回家,在家附近的街上散步一小时,看电视到十一点,睡前读一点非虚构类书籍。他与为数不多的几个朋友通过简短的电邮或电话联系,通话基本上不超过三分钟。他不旅行,没什么喜好,不去沙滩,不去看戏,哪也不去,就连每天的晚饭都一模一样。我怎么才能让这样的人改变认知?怎样才能让他意识到,在如此机械的生活之外,他还有属于自己的天赋与命运?"

"听上去很是顽固不化啊。"埃里克说。

"我甚至不知道他有没有能力去思考'命运'二字。"艾米丽伤心地说,"我总是摊上最难的任务。"

"你还剩多长时间?"盖伊问。

"一个月。我已经试过安排他和美丽忧郁的女孩们相遇,试过让他在楼梯口发现一本诗集。我甚至安排一位著名诗人碰巧在他家楼前车胎漏气,向他求助。但是这家伙总是无感,就好像他打心眼里对诗歌没有任何感觉。"

"这是因为他太忙了。"埃里克说。

"什么意思?"

"他脑子里有其他东西。工作的时候是数字和事实,在家的时候则是各种愚蠢的电视节目。"

"所以呢?"

"所以,炒了他。"

"什么?"

"你知道我在说什么。"

"你也知道我不喜欢这种方案。"艾米丽说。

"你要做的是完成工作,而不是喜欢它。安排人去炒了他,然后搞个技术故障,让他一周看不了电视。如果面壁一周后他还是不想拿起笔写诗,那就彻底没戏了。"

"把一个人的生活先破后立,这样的想法我从来不喜欢。"艾米丽说,"我做得最过分的也就是让一个人错过牙医预约。我不想让人丢饭碗。"

"你的意思是你不敢。"盖伊说,"但埃里克是对的。按这个进度,到了月底你得报告巧合制造任务失败,而这个家伙会按现在的方式再活五十年。迟早他会认识到这是虚掷光阴。相信我,那可比丢饭碗痛苦多了。"

"但是……"

"实在狠不下心的话,大不了你之后再给他找个工作呗。"埃里克说。

"如果你有时间的话。"盖伊补充了一句。

艾米丽忧郁地盯着眼前半空的盘子:"哎呀,事情不顺利真让人讨厌。"

"那你讨厌这世上大部分的事。"埃里克一边说,一边转身望向街道。"顺便说一句,"他补充道,"这让我想起了六个月前听说过的一次巧合。"

"也是诗人?"

"不,是汽车修理工。"埃里克说。

"你知道我的第一个目标是个作曲家吗?"盖伊问。

"是是是,"埃里克说,"我正说话呢,安静点,谢谢。我们又不是在讨论艺术爱好。我说的这个男人已经六十五岁了,是个汽车修理工。鳏夫,有个女儿。在他看来,她嫁错了人,因此他决定断绝父女关系。他住在车库楼上的一居室公寓,还只是租的。现在,去计划一个巧合,让这样一个男人——在同一个地方工作了38年之久;每天习惯性地抱怨世道不公,怨天尤人,抱怨别人偷走了自己的生活、偷走了自己的女儿之类鸡零狗碎的事情;每天晚上喝酒,白天打瞌睡——让他挽回和女儿的关系,并且在执行时需要——让我引用任务书里的描述:'借助他主动的行为,而不能利用他和女儿偶遇后的结果。'"

"他们怎么做的?"

"如果他们跟我说的是真的话,那么可以说他们严格遵照指示,差不多尝试了所有的方法。陌生人在他耳力能及的范围内说着应该能唤醒他内心渴望的话语;工作间里的收音机出了故障,只能播放忧郁的节目,满是母亲们啜泣着诉说失去孩子的心碎故事;还有人开了辆塞满儿童读物的车来。都没用。"

"所以,最后这个男人丢了工作吗?"艾米丽问。

"不不，"埃里克说，"这位巧合制造师有点老派。他得出一个结论：常规性的改变并不能带给这个人新生，就算是丢工作也不能够。他只会去另一个车库工作，来排遣自己的孤独感，或者干脆坐在家里无所事事。"

"那后来他们做了什么呢？"盖伊问。

埃里克抿了一口果汁，然后说："癌症。"

"癌症！"艾米丽震惊了，"不觉得有点过分吗？"

"可能吧，"埃里克说，"但就是这么回事儿。这个男人得了癌症，经历了一年半的治疗。经过了沮丧、愤怒、疼痛欲死几个阶段，他开始和周围人聊天，询问他们的梦想。他开始沉迷于了解人们对梦想的实现，探索驱使人们活着的原因。他开始写日记，并意识到自己之前有多么愚蠢。在得到康复通知前的某一天，他看到医院里来了一个十七岁的志愿者，她的脸庞令他想起自己的女儿。当然了，那个孩子其实是他的外孙女。经历种种，在得知自己恢复健康后的第二天，他做了两件事：开车去了他女儿的家，以及向一直以来照顾他的护士求婚。"

"哇。"盖伊说。

"显然，"埃里克说，"并不是什么都因此得到了改变。这位巧合制造师因为过度使用能力而受到惩戒，而且，由于一开始分配给这项任务的时间期限是两个月，他们起初甚至将任务定性为失败。"

"在他开车去女儿家以后还是如此？"

"任务状态是改变了，但是惩戒并未从记录中抹去。作为惩罚，他还得安排另一项巧合工作，使得这个患癌的家伙出版他的故事。他们认为这样的话，类似这种巧合制造方法以后就可以不必再采用，因为有类似情况的读者可以通过读书有所感知，而不必亲身经历悲剧。不过我觉得这种想法挺蠢的。"

艾米丽和盖伊在椅子上坐直了身子。"好一个故事。"盖伊说了句。

"是啊。"艾米丽附和，"如果我们把它当真的话。"

"嘿，别看不起人了。"埃里克说。

"如果不属于第五级历史进程而且已经提交57号表格并获批的话，巧合制造师不得造成长期疾病、永久伤害或临床死亡。"艾米丽援引条文。

"你怎么记住这些的，嗯？"埃里克问。

"你跟我们说的那种情况是不可能的。"艾米丽说。

"既然他都受罚了，这怎么不可能。"埃里克耸耸肩。

"正如我所说，这不可能。"艾米丽说，"如果是车祸还差不多，可是让一个人得癌症怎么操作？从技术层面来讲，我们做不到，我们又不能改变细胞。"

"我说的可能有一点点不准确，或者一点点夸张。也许他只是在体检结果中做了点手脚，让汽车修理工在一段时间里以为自己患了癌症，实际上什么事也没有。"埃里克说。

"夸大？"盖伊问。

"有可能。"埃里克回道。

盖伊和艾米丽看着他。他们两个默契地又露出了一贯的表情。

"怎么了?"他问道,然后又加了一句,"无论如何,我觉得你要做的就是让他丢饭碗。"

"我会考虑的。"艾米丽说。

盖伊靠回椅背。"你呢,最近在制造什么巧合?"他问埃里克。

"我手头有两个,"埃里克说,"其中一个是我两天前接手的。我要帮一个倒霉蛋在三周内找到工作。还挺恼人的。不可以利用政府机构,不能制造裁员,而且必须是让他每天都走出屋子去干的工作。这种任务简直让你觉得上头那群家伙纯粹是想给你找麻烦。也许他们拿我们打赌来着。"

"那另一个任务呢?"艾米丽问。

"难道我们两分钟前没有聊到那个红色短发的姑娘吗?"埃里克笑了。

艾米丽和盖伊难以置信地摇了摇头。

"你是个疯子。"盖伊说。

"可能吧。"埃里克回答,"但挺有意思。"

服务员回到他们这桌,给盖伊上了薄荷柠檬水。"抱歉让你久等了。"她一边说,一边把另一个小盘子放在他们面前,然后转向艾米丽,"这是你的布朗尼蛋糕。"艾米丽惊讶地扬起了眉毛。

"我没有点布朗尼呀。"

"我知道。"服务员朝一旁扬了扬下巴,"是角落里那个人给你点的。"

他们转过身。一个略显局促的年轻人，没想到会有那么多双眼睛看向他，害羞地点头致意。

"还有这个。"服务员边说边把一张叠起来的小纸条放在盘子边上。

艾米丽盯着便条。

"他很可爱。"服务员说。

"是啊，艾米丽，"埃里克微笑点头，"相当可爱。"

"多谢。"艾米丽对服务员道了声谢，然后对同伴怒目相向。

"好吧，"她生气地嘟囔着，"你们两个，谁干的好事？"

盖伊和埃里克马上举起双手以示无辜。

"为什么你会觉得是我们干的？"盖伊问。

"污蔑可不管用。"埃里克说。

"听着，"艾米丽说，"我知道是你们中的一个安排了巧合，让那个家伙送布朗尼给我，我知道的。"

"你就不能相信纯粹就是有人想撩你一下吗？"埃里克问。

"用布朗尼？"

"为什么不可以？它们可好吃了，不是吗？"盖伊反问。

艾米丽站起来，将盘子拿在手上。"好，看我怎么解决。"

"拜托，给他一个机会呗。"埃里克说。

艾米丽并不回应，迅速离开。

"你安排的？"盖伊问。

"不是。是你吗？"

"当然不是。"

两人沉默了几秒，埃里克叹了口气。"唉，真可惜。那家伙看着不错。"

"的确如此。"

"我没记错吧？自从我们结业以后，这已经是她拒绝的第十个人了。"

"至少据我们所知的确如此。"盖伊说。

"会不会因为她已经有喜欢的人了？"

盖伊将目光转向盘子："闭嘴。"

"我就那么一说……"

"我知道你想说什么。闭嘴吧。"

艾米丽回来坐下的时候，埃里克的嘴角仍然挂着笑意。"你的下一个任务是什么？"她问盖伊。

"这是我碰到过的最奇怪的事之一。"几分钟后，她发出了这样的感慨。

他们互相传阅了盖伊一早收到的信封里的那张纸。

"'你介不介意我给你来个当头一棒？'"埃里克说，"这任务描述绝对提神醒脑。"

"我不知道这是什么意思。"盖伊说。

"你确定是放在信封里的？就是那种标准的？我们用的那种？"艾米丽问。

"是。"盖伊答道。

"你介不介意我给你来个当头一棒?"埃里克说着,用手势强调了这个问题。

"就这样?任务描述在哪?限制条件在哪?"盖伊问,"什么时候我们改猜谜语了?"

"你介不介意我给你来个当头一棒?"埃里克说,"不,我还是觉得有点不对头。"

"我看是哪个环节出错了。"盖伊说。

"我真心怀疑是他们犯了个错。"艾米丽也附和。

"DYM PIIKYITH。"埃里克说。

"什么?"盖伊问。

"这是这句话里每个英文单词的首字母,"埃里克说,"这对你并没有什么特殊的意义,是吧?"

"没有。"

埃里克把任务纸还给了盖伊,耸了耸肩:"现在你有个小谜团了。好好享受吧。"

"那我现在该做点什么?"

"我觉得你应该在指定时间到达指定地点。"埃里克说。

"然后?"

"然后决定你介不介意。"

"介意什么?"

"有人来给你当头一棒。"

5

埃里克四处张望,期望能看到一辆出租车。

"这真是讽刺啊,"他说,"这些年来,我组织了不下十五次的出租车准点到达,但到了我自己要用车的时候,半小时才来一辆,还不是空车。"

盖伊笑了:"鞋匠的儿子没鞋穿。"

"我可不是鞋匠的儿子,"埃里克说,"而且我决定,再也不忍受讽刺了[1]。"

三秒钟后,一辆出租车停在他们边上。

"说真的,你怎么做到的?"艾米丽睁大了眼睛问。

"谁说是我做了什么?"埃里克笑了,"有时候就是这么赶巧,不是吗?"

"你安排了一辆出租车在这一刻赶来,就是为了能一语双关,'再也不忍受讽刺了'?"盖伊说,"你是不是闲的?"

---

1 原文为 I can't stand irony,stand 既有"忍受"又有"站立"的意思,irony 既有"讽刺"又有"像铁一样"的意思,因此这句话字面意义也可以解释为"我不想直挺挺地站着了",故后文盖伊说是双关语。——译者注(若无特别标明,本书注解均为译者注)

埃里克钻进出租车，向他们挥手："分离是如此甜蜜的悲伤。"

"随你怎么说。"盖伊笑着回复他。出租车开走了。

"你记得我们之间的打赌吧？"艾米丽问。

"呃，如果我说我忘了呢。"盖伊说。

"我得重复多少遍才行？"艾米丽叹了口气。

"我们都已经是忙得不可开交的巧合制造师。"盖伊换了张一本正经的脸，"没时间瞎闹。"

"别想逃。我们说好了的——时间你定，你得安排十个名叫艾米丽的小姑娘聚在公园里，而我得安排十个名叫盖伊的小朋友，让他们至少在那里待十五分钟。"

"好吧，好吧。"

"嘿，你尽可以不当回事，没问题。反正赌一顿晚餐，你知道的。"

"我可以安排男孩吗？"

"叫艾米丽的男孩？"

"或者叫艾米尔。"

"如果我这边可以带上名叫盖娅的，那没问题。"

他笑着点头："成交！"

她回以微笑，眼里闪闪发光，一如当年。

"公园"，当然指的是一切开始的那个公园。

巧合制造师课程的第一天就始于这个公园的红色长椅。盖伊到的时候，艾米丽已经在那儿了。他慢慢靠近，带着点犹豫，然后站到这个有着一头黑色短发的姑娘面前。

"呃，这里是……？"

"是的，我想是这样的。"

她有一双深蓝色的大眼睛，小巧脸庞，皮肤白得像是大理石一般。她腼腆一笑："我叫艾米丽。"

"我叫盖伊。"他边说边坐在她旁边。但他立刻意识到，如果先征得她的许可再坐下的话会更礼貌一些。不过她看起来并没有留意。

孩子们在两人面前的草坪上踢足球。远处，几位母亲和保姆正和一群幼儿坐在一块，拼命地想要阻止这些蹒跚学步的小宝贝去吃草或者去察看奇形怪状的狗便便，不过就算这样也没耽误她们煲电话粥。

艾米丽把手里的一小袋面包屑撒在面前的地上。几只幸运的鸟儿聚集过来，老练地啄着人行道。

"至少现在我们都知道就是这张长椅了。"盖伊试图打破僵局。

"没错。"艾米丽说着，又撒了一把面包屑。

"那么，你是从哪来的呢？"

艾米丽坐直了身子，看了他一眼："你是指什么？"

"你以前是做什么的呢？"他问。

她盯着他看了一会儿。"你先说，"她说，"你呢？"

"我是一个I.F.。"

"嗯，简略词。很好。具体是什么意思？"

"幻想朋友（Imaginary Friend）。我是一个'幻想朋友'，主要是面对小朋友的。很有趣的工作。"

"我想也是。"

"是啊。"

"所以，在你看来，这算是一种升职吗？"艾米丽问，"巧合制造师是个更高的职位吗？"

"是。我习惯了一次只在一个孩子眼前出现。像这样规律而持续的存在，对我来说将会是一项有趣的挑战。我挺满意的。"

"你是自己申请转职还是直接接到了通知？"

"说实话，我是接到了通知。我都不知道可以自己申请。"

"有申请途径听起来才合理，不是吗？"

"可能吧。说实话我不是特别了解……"

"好吧。"

艾米丽心不在焉地又撒了一把面包屑。

"这是巧合制造师课程的碰头长椅吗？"他们听到身后一个声音响起。

两人同时转身。

"你不应该这么说的，"盖伊说，"如果只是两个什么别的人坐在这里呢？"

他们身后这个有着稀薄红发的人饶有兴味地看着他。"那他们会觉得我有点傻，然后告诉我'不是'，"他说，"你不会真以为有人会相信这样的课程存在吧?"

"有规定……"盖伊想解释。

"不好意思,我可没听说有不允许提问的规定。即便有,你知道规则是用来干什么的。所以的确是那个课程,对不?"

"对……不过……"

"太好了。"他迅速坐到两人中间,交叉双臂向两个方向同时伸出手。

"很高兴认识你们,"他说,"我是埃里克,一个集各种才华于一身的男子。"

"很高兴认识你。"艾米丽扬起一边眉毛,笑了。

"我喜欢你的头发,微笑也很棒。"埃里克说,然后转向盖伊,"不笑一个吗?"

"我不但会笑,还会跟你握手。"盖伊伸出手来,"你从哪来?"

埃里克和他握了握手。"你得先解释一下这个问题,我才能回答。"

"他的意思是,你之前是做什么的?"艾米丽说。

"我是个'点火者',"埃里克说,"是份不错的工作,但干上几十年总会厌倦。也可能是几个世纪,取决于各人的情况。"

"什么是'点火者'?"艾米丽问。但埃里克还没来得及回答,一个人来到他们面前,在埃里克的脸上投下阴影,也引得鸟儿们四散飞去。

"早上好,75班学员。"那个人开口了。

"早上好。"盖伊说。

"早上好。"艾米丽说。

"同上。"埃里克说。

居高临下站在他们面前的,是一位有着灰白色短发的中年男子,淡绿色的眼睛像是催眠师后院的草丛。他穿着紧身白色棉质T恤,可以看出是个非常在意自己身材的人。三个人暗自欣赏,感觉他的身体也的确不负他的努力。

"现在,"这个男人开口了,"是你们跟我走并且专心听讲的阶段。"

三人即刻遵从。他们站起身来,走在他身后。

他慢慢地走着,高高昂着头,背着双手。

"好,听着。名字真的不重要,不过你们可以叫我将军。事实上,你们也只能这么叫,因为这是你们唯一需要知道而且我会回应的名字。请你们尽量在脑海里抹去任何关于我真实名字的猜测,因为很快我会在你们的脑海里塞入海量信息,以至于你们都没办法再有自己的想法。就像在蜜糖里游泳的螳螂一样。清楚了吗?"

"清楚了。"埃里克说。

"你们呢?"将军回头看了看盖伊和艾米丽。

"清楚了,清楚了。"他们马上回应。

"当我说'清楚'这个词的时候,"将军说,"我三位笨拙的学生应该摆脱'时机'这一复杂机制的心理束缚,竭尽全力同时回复我。"

他停下来，以一种异乎寻常的兴趣盯着一棵树顶说："清楚了吗？"

"清楚了。"三个人齐齐答道。

"好多了。令人惊叹。你们都非常有天赋。我甚至有点被感动到了。哦，眼泪都上来了。"他说着，脚步不停。

"接下来的十六个月里，我会教你们如何制造巧合。你们觉得自己明白这是什么意思，或者我们为什么这么做，但你们可能大错特错。"

"你们是秘密特工。其他人首先是特工，其次才强调秘密，但你们第一要秘密行动，然后在一定程度上才是特工。你们的存在是规律的、持续的，就像任何人类一样。你们该吃吃、该喝喝，有屁就放，偶尔也会感染病毒，但借助你们在这门课程里掌握的方法，你们将会了解因果关系在这个世界中的运作方式，以及如何利用这种了解去创造一些细微到几乎察觉不到的事儿，从而让人们做出改变人生的决定。清楚了吗？"

"清楚了。"

"许多人认为，制造巧合是在决定命运——经由事件的力量来引导人们去新的地方。这是一种幼稚的观点，缺乏远见，充满傲慢。

"我们的角色是精确地站在边界上，站在命运和自由意志之间的灰色地带里，在那里推推挡挡。我们创造情境，经由这个情境再创造情境，不断创造出更多的情境，最终创造出想法和决定。我们的任务是在命运这一侧燃起火星，自由意志那一侧的人会看到，然后做决定。我们不煽风点火，我们不跨越边界，我们也绝不认为自己能对人指手画脚。我们创造可能性，给予暗示，诱惑人们，也发现不同选择。你们以后有空可以考虑考虑还有没有其他描述，不过别搞错了——无论你们以前做的是什么，现在你们都升职了。有那么多现实的幕后工作者——幻想朋友、织梦师、幸运分配师，名单简直不胜枚举——但在完成我们这个课程后，你们的新角色才真正触达一切的核心。

"这世界上充满了各种巧合。它们中的绝大多数实际上就是纯粹的巧合——一件事凑巧发生，与此同时另一件事也刚好发生，其实都是完全有规律可循的事情，只不过恰到好处的时机赋予了它们含义。这种含义又赋予它们意义，意义令其凸现重要。这并不一定指的是一间房间里的人都穿着同样的衬衫那样，虽然那也挺不错的。它可能就是当一个人说话的时候另一个人看到了些什么，然后两者结合，产生了新的想法，仅此而已，并不会特别戏剧性。没人会留意这些习以为常的情况。原理很简单。有的时候，一些事情会让人觉得有人在试图给他们传递某种讯息；有的时候，一些事情只是引发人们的思考，而不会将这件事归因于一个促使他们采取行动的实际存在；而有的时候，一些事情迫使人们不得不从新的角度看待现实，稍有不同地去认识'生活'这张罗夏墨迹测验[1]。这三种情况都可能经由我们的手发生。我们并不决定命

---

[1] 现代心理测验中最主要的投射测验。

运，我们是大众的雇工而已——你要说是奴隶的话也行。你们都可以拥有私人的、可以说是正常的生活，但和其他人不同，你们有机会观察到生活的另一层面。

"制造巧合是一种精巧、复杂的艺术，涉及诸多细节，需要制造师有足够的能力去兼顾不同事件、评估情景与反应以及避免愚蠢行为，最后一点很难做到。你需要用到数学、物理学、心理学……我会给你们讲统计学，讲各种联想和潜意识，讲人们正常存在背后不为人知的另一层面。我想要在你们的脑子里塞满人格分析与行为理论；希望你们的精准程度远胜过任何量子物理学家、神经兮兮的化学家和陷入蛋黄称重问题无法自拔的糕点学徒；不让你们睡觉，直到你们弄明白为什么一些鸟站在一棵特定的树上，而另一些鸟则站在电线杆上；强迫你们背诵因果关系表，背到忘记一生所爱的名字为止，如果你们有爱人，或者有人生的话。我给你们讲的东西，一开始会让你们变得疑神疑鬼，怀疑有人在你注意不到的时候操纵你们的生活，而到了最后，则会令你们比以前任何时候都睡得更安心。我会改变你们，除了脸和内脏，一切重排。我会教你们如何改变人们，而这些人压根儿不会意识到有人在操纵。"

他停下来转向他们，绿色的眼中掠过一丝笑意——但也只是一丝。

"有问题吗？"

"呃，有个小问题，"盖伊说，"关于安排……"

"我并不是真的想让你在这个时候提问，"将军说，"这不过是出于基本礼节的停顿。你应该说'没有'。提问是之后的事了。真的，你得机灵一点。"

"那……没什么了。"盖伊说，"没有问题。"

"好，"将军说，"现在转身。"

四人转过身来。他们来到了道路的最高处，几乎整个公园尽收眼底。下面草坪的中间，有人在两棵树之间挂了一幅巨大的标语，写着"75小队好运"。"好吧，看看这个，"将军说，"今天碰巧有一群士兵完成了基本训练。太巧了，是不是？"

太阳在他们身后移动，将影子向山下投去。四个人都忍住笑意，各自的理由略有不同。

6

盖伊看着艾米丽走远。在他看来,她仍然显得瘦小而脆弱,就像课程开始第一天那样。但如果说课程让他明白了一点的话,那就是不能,绝对不能,给人贴标签。人类太复杂了。陷入贴标签的陷阱,是扭曲你对巧合制造目标观感的第一步。字词是定义的小陷阱,而形容词则尤为危险,就像沼泽一样。他曾经一看到艾米丽就只能想到"脆弱"这个词。他到底是成长了一点。

他意识到,一直以来她都有一点怪。如果他允许自己做个描述的话,可以说是有点神秘。

盖伊总是谈论他之前的工作,埃里克也从不在他们面前掩饰之前的生活,即便有时候无中生有,但是艾米丽……每次当他想要了解在来这个课程之前她是做什么的时候,艾米丽总是回避这个问题。

"这是秘密。"她无可奈何之下这么说。

"织梦师?"他不甘心,"我听说在心理部门,他们签署了难以想象的保密表格。"

"盖伊……"她不安地动着身体。

"说吧,我不会告诉任何人的。"

"我不能。"她说。

还有那次，她走出将军的房间，眼睛红红，手里捏着一个小小的白色信封。

"怎么了？"埃里克问，"你拿着什么？是任务之类的吗？"

"没什么。"她说。

"没事吧？"盖伊问。

"什么事儿都没有。"她边说边快步走开。

"依我看来，她曾经在分派幸运的特别部门工作。"有一次埃里克这么跟他说，"他们比我们诡秘多了。他们处理类似危险品这样的东西，办事时如果有好运或厄运上身的风险，他们会穿着特殊的防护服行动。他们甚至不能提到有这个部门存在。"

"我从来没听说过，而且我不觉得真有这回事。"盖伊说。

"这刚好证明他们有多厉害。"埃里克说。

"埃里克，你真是有妄想症。"

"哦，得了。"

所以他参与了这个游戏。他和艾米丽是好朋友，只是有一个话题他们从不涉及。话说回来，哪对朋友之间没有类似的情况呢？但他一直知道，艾米丽温和的表面下隐藏了太多太多。"脆弱"——没错。

他转身迈步。也许他应该回家，放一张好听的CD，坐在阳台上，试着去理解早上那封信想告诉他什么。

也许……也许最好不要去想它，而是好好用这一天来清理思路。读一本好书，下午去听一场舒缓的爵士乐表演（如果有的话），在一间视野优美的小店享受牛角包配咖啡。这是能够持续存在的好处，他想，你有机会做点和工作无关的事。

他太热爱这些了。

现在的他有着持续的生命，这副身体，能够将现在当作片刻的未来去体验——这在他成为巧合制造师之前，在他还是一个"幻想朋友"时，根本无法想象。

那个时候，他作为人们想象中的人物存在。对这些人而言，他是无比真实的，有着自己的个性，行为上的细微差异，以及或多或少的幽默感，这些都随他们而定。

那是一种完全不同的体验。

他曾列过一份名单，这才意识到，这些年他总共当过二百五十六个人的"幻想朋友"，其中二百五十个人是十二岁以下的儿童。另有五个人处于不同程度的精神衰弱或衰老阶段，他们孑然一身，只能编造出一个人，以证实自己的存在。还有一个眼神中了无生气的男人，多年的单独监禁磨损了他的理智，他编造出盖伊，只是为了恢复理智。重获自由的那一刻，他便将盖伊抛在脑后。

是啊，这就是他之前所做的工作。他扮演各种角色，至少是展示了自己不同的侧面。当你给一个孤独或悲伤的孩子做幻想朋友的时候，你不能让自己心情不好或表现沮丧，即使这一天你过得并不好。你得以自己的人格作铲，在冰冷的大地里深掘出一泓清泉，然后，尽管自己饥渴难耐，也要把这捧甘泉奉献给他人。

作为一个人的幻想朋友，你得遵循一堆条条框框。

第一条规定是，你只为那个人而存在。恼人的说教、再教育的尝试、仁义道德——所有这些都必须等你成为一个人类以后再说，如果真有那么一天的话。幻想朋友是为了你的小男孩或小姑娘存在的，你需要带他们去一个他们想去的好地方，而不是你想去的地方。这并不容易。很多次，盖伊都想抓住孩子大喊："不，不是这样的！"或者"快说啊！"又或者"你不许这样做！"——但他不得不深吸一口气，提醒自己他只是一条船，而这个孩子才是船长。

第二条规定是，你不能以同样的形象出现在一个以上的客户面前。这几年里，盖伊变换了无数角色和面孔，更别提名字了。有时候，他只是稍作细微改变以遵循规定。他可能又高又严肃，也可能小巧而任性；他扮演过可爱的泰迪熊和精力旺盛的玩具士兵；他曾以名人、卡通人物和著名娃娃的形象出现。他曾经是农夫、魔术师、飞行员、船长、歌手和足球运动员。他使用过细弱甜美的声音，也发出过雷鸣般的权威之声，有过话语声中带笑，也用过哄睡的低柔声线。

第三条规定是，假如有一天你不当I.F.了，你永远不能出现在那些曾把你想象出来的小朋友面前。理由显而易见：假如一个孩子在现实世界中遇到那个之前只存在于他想象中的人，而这个人走上来告诉他那些关于他自己的无人知晓的秘密，这个人知道他内心无人曾涉足的角落——这很可能给全世界儿童的想象力蒙上阴影。所以哪天你离开了，那就是彻底离开了。一切画上句号。

其实盖伊并不完全赞同这点。有时候他会想，那又怎样？毕竟人都会长大，会改变，会理解。但没有例外。关于这第三条规定十分明确。

盖伊仍然记得大多数把他想象出来的人。

他记得那个十岁的女孩，想要有人能看着她，告诉她有多么美丽。她的右侧脸颊因为一处烧伤留下巨大的疤痕而起皱发红。每次她看着镜子，都需要盖伊出现，以好莱坞明星的身份从她身后看着镜子里的她，低声细语："你真的很漂亮。我比任何人都更明白这一点。总有一天，其他人也会看到的。"整整四年时间里，每当她照镜子的时候，他都悄然跟在她身后，用微不足道的词语安抚她。直到有一次，她和班里的一个同学坐在一起做作业的时候想到了盖伊。他们坐在桌旁，争论作业里的问题。盖伊在后面靠墙站着，静静观察。在某一刻，他听到女孩的心跳加快，偷瞄了那个男孩一眼。男孩对她报以平静的微笑。女孩手里玩着铅笔，不经意地问，自己是不是打扰他做作业了。"没有，"他有点诧异地回答，"当然没有。"然后她继续问："我的样子不会打扰你吗？你肯定会觉得我很可怕，丑得要命。"他看着她，稍作思考，然后平静地说："你？你一点都不丑。事实上你很可爱。我喜欢和你在一起。"她低声问："真的？"他害羞地躲开了她的凝视，说："呃……真的。"那女孩又偷看了盖伊一眼，盖伊感觉到自己开始褪色消失，从她的生活里永远告别。

他记得那个扭曲着瘫在轮椅里的金发孩子，想象盖伊穿了一套超人服装。"我想飞，"那孩子对他说，"教教我吧。"他记得那些把他带到树屋里去的孩子，他们想象他是一名绑架了公主的海盗，而他们不得不英雄救美；还有些孩子把他想象成自己最喜欢的卡通人物，希望听他说出已经听了几百遍的自作聪明的台词。他忍不住想，要是他每次扮演会说话的兔子或者尖酸刻薄的花都可以得到一毛钱的话……

还有一些孩子总让他疑虑，他们的小脑袋到底在想什么。那些孩子长大以后可能会成为天才，也可能就只是变得怪异而已。有些孩子把他作为画笔，为周围的现实添上一层色彩，为他们的生活添加多一层可能，然后是一层又一层。有些把他想象成声音，在空中旋转他，拉直他，重组他，命令他给自己唱歌。有些晚上躺在床上，想象他作为抽象的数字和复杂的几何图形徘徊在他们之上，相互缠绕，这种最让他感到头痛，但为了他们的数学和谐感，他都默默忍受。

不过他的大部分客户是那些只想找个玩伴的小朋友。那些孤独或被迫独自待着的人只要一个简单的念头就能开始接受他的服务。

他还记得那个脆弱瘦小的女孩，把他装扮成王子的模样，在边上放了一匹同样是想象出来的白马，不过那味道闻起来不像是马，倒像是洗发水。"像大人一样，对我说情话。"她心里的渴望强烈到他可以听见。很多女孩子都想听"情话"，或者经历自己专属的童话故事。一开始，他完全是即兴创作，因为对于这种事关内心的事，他自己也仍在摸索。他引用提前准备好的词句，并不真正了解"浪漫"这件复杂堪比钟表构造的事情。但在他遇上卡桑德拉后，一切都变得简单多了……

是啊，他同样记得卡桑德拉。她不是个孩子，从任何角度来说都不是。

成为I.F.是他人生中一段美妙的时光。有时心碎，偶尔无聊，有些客户能把人逼疯。但一切都很棒。成为巧合制造师同样也很棒。面对一株迎风摇摆的大树，坐享一杯咖啡一个牛角包，回忆过去，畅想未来，享受现在。一切多么美好。

巧合制造的经典理论
和增强因果的研究方法

CLASSICAL THEORIES IN COINCIDENCE MAKING
AND RESEARCH METHODS FOR ENHANCING
CAUSES AND EFFECTS

期末考试

考试时长:课堂2小时+1周实习

说明:请回答以下问题。如果问题需要运用公式或者包括B级及以上证明,则你需要在考试笔记本中注明相关方法,多项选择题亦同。

第一部分:多项选择题

请回答所有的问题。

1. 根据金斯基定理,换一个灯泡需要多少个巧合制造师?
   A. 一个。
   B. 一个拧灯泡,另外三个安排成立电力公司。
   C. 一个,另外两个安排这个人抵达。
   D. 金斯基定理并没有提供答案。

2. 根据"法布里克和科恩方法",从因果链的哪个因素开始,属于"不确定性云"?在你的笔记本中用图表进行解释,并写明论证过程。

    A. 不确定性从第一刻开始。

    B. 不确定性从目标对象决定自己思考开始。

    C. 不确定性从目标对象决定遵从内心所想开始。

    D. 根据科恩的确定性模型,只要还有欲望或者希望,就没有不确定性。

3. 根据古典计算法,10 000人中的两名男性爱上同一名女性的概率是多少?

    A. 少于10%。

    B. 在10%与25%之间。

    C. 在25%与50%之间。

    D. 超过50%,但他们很快就会释然了。

第二部分:简答题

请回答至少两个问题。

1. 两列火车同时离开两个城市,在平行的轨道上相向而行。已知每个城市中至少有25%的未婚男性和女性,人物性格分布遵循"法布里克和科恩方法"。计算出火车通过时两人看见彼此并心动的概率。

2. 根据"沃尔夫齐格和伊本·塔雷克扩张公式",证明从一定程度的社交亲近度开始,幸福会变成一种"传染病"。计算所需的社交亲近程度。

3. 选取下列任一情况，说明可能性展示的顺序是如何影响选择的。

A. 男销售员在男装店向顾客推销西服。

B. 女销售员在女装店向顾客推销连衣裙。

C. 服务员在餐馆里推销各种软饮。

D. 投票站安排选票的顺序。

第三部分：实践练习

请执行以下两个巧合之一。

1. 让三位童年好友同时登上同一架飞机、同一辆出租车或同一列火车。提供这些童年好友曾在同一所教育机构学习至少三年的证据。

飞机／出租车／火车的旅行应是提前安排好的，不是为此次巧合而特别组织的临时活动。如考生的安排包含突发旅行，则其将被取消资格。如果活动中两个或以上的童年好友进行对话，将有加分。

2. 制造一场堵车，涉及的车辆中有超过80%颜色相同；但不特别指定颜色。

堵车的持续时间不得超过20分钟。不可以使用交通事故或交通灯故障。如果这场堵车中有80%的汽车来自同一制造商，将有加分。

祝你好运，如果你值得的话！

7

仓鼠男站在街角，为下一起暗杀踩点。

他有点分裂——更精确地说，他被分成了三个自我。

第一个他意识到：如果没有检查、准备和规划，就不可能执行一场漂亮的暗杀。任何事情都不能被视为理所当然。他必须检查受害者的时间表（不，不，不是受害者。他提醒自己，是目标）。他需要计算射击角度，识别逃生路线，检查风况。这是正确的工作方式。

第二个他试图说服自己，这都是多余的。以他的情况来说，这真的就是理所当然。计算他拆卸武器并返回车里所需的时间，完全是愚蠢的，毫无意义。该活的人活，该死的人死。就这么回事。这也是为什么他会被交口称赞的原因。

而第三个他只想回到房间，拿一瓶上好的威士忌，瘫在床上，撸撸格雷戈里，直到它的小鼻子不再紧张嗅探，取而代之以完全的信任，然后看会儿电视，虽然都是他听不懂的外语。

这种三方对抗在几乎所有近期任务中一再重演。他有点厌倦了。

后两个"他"建立起联盟，对三个"他"中最合乎逻辑且负责任的第一个"他"发起攻击。这并不容易。"他"有很多令人信服的反驳，特别是针对第三个"他"，后者顶多会说："来吧，你在乎什么？这可有趣了。"但最终，这个职业杀手耸了耸肩，开始干活。他会在屋顶上找好位置，使用长筒狙击步枪。看，规划。

唯一的问题是，他有两把这样的步枪，都适合这次任务。仔细计算数据是必要的，以便决定哪把是最佳选择。相关分析包括与天气有关的因素、屋顶的可见度、扳机的灵敏度和空气湿度。

他停下来，再次看着街角，然后从口袋里掏出一枚硬币扔到空中，一把抓住，看了一眼结果。

用哪把枪的问题就这样解决了。

8

你不够优秀。

你不够优秀。

你不够优秀。

闭嘴!

艾米丽面对着家里满是涂鸦的墙壁,试着平息脑海中翻腾的种种念头。

为什么每次执行任务之前她都会有一种失败在即的预感?毕竟,现实中她并没有失败过。

她很优秀,真的很优秀。经她之手成功制造的巧合丝毫不露声色,甚至埃里克也忍不住伸出大拇指。到底为什么每次接到新的信封,她都那么肯定这次——是的,这一次——她会失败?

话说回来,失败又有什么大不了?巧合制造师的平均成功率是百分之六十五,她的成功率则是百分之八十。她又不欠谁的。所以,如果一个会计继续当他的会计,又怎么样?他自己想要这条路,随他的便好了!她已经不是学员了,没必要再继续取悦将军。或者埃里克,或者盖伊……

她坐在地上。

她一再倾尽全力，只为了取悦别人。这就是为什么她感受到无所不在的压力，困在永无止歇的追逐中，始终用身边每一个人的眼光看待自己。她必须出人意料、出类拔萃、魅力非凡、卓越超群、攻无不克、充满幽默，这样他才会最终被冲上她的岸边，把其他残破的船只、广袤的海洋、危险的诱惑统统置之身后。

有一些特定的字眼让她无法忍受。

"嘀嗒"是其中之一。这个词总让她焦虑，感觉像是有些事逼近尽头，像是缺氧窒息，或是一颗即将毁灭一切的炸弹。"孤独"这个词则让她彻夜难眠，辗转反侧，徒劳无功地想逃离世界不断前行而独留她孤枕难眠的幻象。她可以连续花上几天时间想摆脱"失败"或者忽略"合理"。不知为何，她也受不了"饼干"这个词。

但最近，很少有字眼能像"朋友"一样让她痛恨。她厌倦了做"朋友"；厌倦了近乎调情的那些机灵话儿；厌倦了在交心倾谈中不得不避开直接与他有关的话题；厌倦了徒劳无功地去猜测他的笑容中是否有其他暗示；厌倦了自己总是一时试图靠近，然后又慢慢离去却不肯彻底放手，保持令人作呕的若即若离，只怕这会毁掉残存的仅有情愫。

她痛恨当盖伊的朋友。

但这还没完。还有一种别样的感受，让人心安。还有那种渴望，渴望看到他因为一些小事而快乐，无法按捺地想奉献自己，只为证明自己可以点亮他的内心。这是怎么了？这样一个害羞而无措的男孩，怎么会令她如此心旌荡漾？

每当想起他，各种画面接踵而来，一如梦的碎片。

光与暗的交替瞬间，激动与失望并存的那些日子。她深情地回忆起那些时刻：悸动消失，她终于能对自己展露笑容，知道这不是坠入爱河，而就是爱之本身。她并不是被爱情冲昏了头脑的高中女生，而是发现了灵魂契合的另一半。然而，每当想起他并不在自己身边，她都会打一个寒颤。

让她的诗人见鬼去吧。

就是今天。她一直期待着这样的一天——自由自在，无须工作，盖伊也无事可做。

她得把一切变成现实。而且她有这个能力。

她起身走到另一个房间。靠门的墙面也布满了草图，对她而言同样重要。正是盖伊建议她用墙壁来计划巧合。所以，为什么不"以彼之道，还施彼身"呢？

墙壁上画了好几十个小圆圈，有关各种事件的安排像喷泉一般，她期待着有一天，可以将这些想法全部倾注到一次短小而富有革命性的旅程上。最上面写着"我们"这两个字，下面是散乱无章的线条、表格、文字和数字。中间，两个小圆圈里则分别写着"盖伊"和"艾米丽"。

这张图非常巨大，越过了墙的边界，穿过窗户，蔓延到相邻的另一面墙上，延伸至天花板，就像石油泄漏般充满了整个房间。

细节的数目之多有时会令她惊叹。但她必须倾尽全力,既积极进取,又谨慎行事。她只有一次机会,孤注一掷,在她最重要的一次巧合制造中一展身手。

她常常躺在房间的地板上,一再用目光追随遍布四壁和天花板的计划细节,然后睡了过去,又醒过来。睡着的时候,她会梦到这张图表不断蔓延和生长,越过地板,努力攀爬上她的身体,将她淹没,包裹在各种数据、可能性以及宿愿中。

她会将一切付诸实施。就在今夜。

她已经足够优秀了。

这张图表在多年前已开始构思。

还在上课时,她就不像其他少女那样,会画带着箭头的心形图案,或者将他们的名字混写在一起,而是会从笔记本上撕下纸页,草拟关于如何配对的复杂图表,或者在餐厅的纸巾上画带着箭头的圆圈。所有的草图都以两个写着名字的圆圈开始,伴之以越来越多的线条与连接,成为日渐复杂的体系,让她发疯。最后,她会虔诚地把它们撕成碎片,扔进废纸篓。

当然,有一次,只有那么一次,她懒得把纸撕碎,被埃里克发现了。

那是某天晚上,三个人准备在她的住处一起学习,准备即将到来的考试。

盖伊在沙发上睡着了,厚厚的一本《机缘巧合概论》摊开盖在他胸前，他的嘴巴微张，像一只年老而疲惫的海狮。埃里克和艾米丽决定不吵醒他，继续相互进行历史测试。

那个时候，她已经知道埃里克是个自恋狂，虽然内心善良，但她并不打算满足他的好奇心。她只离开了两分钟去拿咖啡和饼干，回来的时候就看到埃里克手里拿着她的图表，饶有兴趣地研究着。

"埃里克！"她尖叫一声，差点惊醒盖伊，"你干嘛乱翻我的东西？"

她跑过去，从他的手里抢走那张纸，眼里满是泪水："你这个该死的……"

"嘿，它从那堆书里露出来了而已！"埃里克举起手争辩，"我看到上面有我的名字。你想我能做什么？"

"我想什么？我想你会尊重别人的隐私，不会趁人离开那么一会的时间就乱翻东西。我显然想错了。"

埃里克不吱声，回到自己的位置上看笔记。艾米丽开始撕纸。

"我希望你不是当真的。"他说。

"跟你没关系。"

"这个男人有主了，"他朝盖伊点点头，"这样只会让你伤心。"

"有主了？"她之前倒是真不知道。

"也许爱人不在身边，"他说，"但毫无疑问心有所属。"

"是谁？"

"他过去认识的一个I.F.。好像是叫卡桑德拉。"

"盖伊爱上了一个幻想朋友？"

"是啊。真够幼稚的，是不是？"

"这不好笑，"艾米丽爆发了，"一点都不好笑！"

"不管怎么说，这就是现实。而且，即便他单身，我也不会制造巧合来安排你和他之间的事。"

"为什么？"

"这不是你的风格。你更适合那种灵感型巧合，而不是这种做媒型巧合。"

"我干嘛要和你聊这个？"

"好吧，就当没这回事。反正该说的我都说了。"

"我想制造什么巧合就制造什么巧合。"

"这个我完全相信。你还记得，当时是谁负责发现盘尼西林的巧合吗？鲍姆还是杨？"

"不要转换话题。我可以像其他人一样牵线搭桥。"

"没错，但不应该是为你自己。你当局者迷。哦，我想应该是杨，她制造的巧合实在是太完美了！"

"为什么我自己就不行。另外，你喜欢杨的唯一原因是她安排了麦卡特尼去见列侬。鲍姆的贡献比她大了去了。"

"鲍姆对我来说有点过于技术了。发现迷幻药，电磁……全都是些特别严肃的事。而杨安排发明了玉米片。这就是我所说的，所谓巧合制造的历史性时刻。"

"埃里克。"

"还有特氟龙,我想想。稍等,让我看看……"

"埃里克!"

他从笔记本上抬起头:"怎么了?"

"为什么你认为我没有能力为自己执行做媒型巧合?"

埃里克放下书。"听我说,亲爱的艾米丽。你完全有能力制造任何巧合,这是真心话。我相信你会做成很多媒,促成数不清的发明,你会改变这个世界。只是人各有所长,而你……你不适合在任务中倾注感情。它会扰乱你的平衡,你会变得焦虑,投入太多,用力太猛。我不是这方面的专家,但站在旁观者的角度,就是这么一回事。"

"你一直都在给自己安排约会。"

"是,没错。"埃里克有一点尴尬,对他这种人来说,已经是最大程度的羞耻感了,"但我们的情况不同。我对这类事情的感情投入不一样。我,怎么说呢……随波逐流,而你有点……戏剧性。"

"我可不是戏精!"她跺了下脚。

他指了指边上仍在熟睡的盖伊:"看到他了吗?"

"怎么了?"

"他是一个典型的巧合配对师。他不相信完美的女人,但不愿意接受除了她之外的其他任何女性。他本性浪漫,但不期待这个世界上存在真正的爱情。对于一个希冀与人交往又不至于过分卷入的人来说,这是最好的组合。而你不是。不要为自己安排巧合,可能会带来大麻烦。"

"好，好，"艾米丽说，"我都听到了。现在闭嘴吧。"她内心的一部分开始筹划起来，一个真正的浪漫主义者却不相信爱的存在？也许她可以利用这点……

"你把我有关同步性的笔记放哪儿了？"埃里克问。

"不许再乱翻我的东西，明白了吗？"

9

不知怎的,他总是走到木栈道上。

盖伊的假期很少。工作任务信封一个接着一个,只有在很偶尔的情况下,比如一早就提前完成了当天的巧合制造任务,他才有空四处闲逛,享受一下无所事事的快乐,直到第二天早晨新任务的到来。这样的日子少得可怜,一只手都数得过来。

他先是回到床上躺了大约两个小时,然后找到一家不错的牛排馆,随后又重新发现了古老的乐趣:面对随风摇曳的大树,任凭思绪飘散。两个月前发现的一家小俱乐部则是下一站,那里有一位安静而眼神迷离的钢琴家,再来上一杯红酒,他觉得自己活得像个精致的年轻人。最后,他一如既往地走到了木栈道上,注视着太阳消失在地平线上,任凭咸咸的海风吹乱他的头发。

他坐在一张长椅上,望着大海,酒意略略消退,夜的凉意透过他的衣服。海滩上几乎没有人,只有一个少年和他的狗,在他正前方的海岸线上蹦跳嬉戏,就像是一部名为《友谊》的电影的导演剪辑版。

也许是时候养只宠物了。不一定是狗,可以是猫、雪貂甚至金鱼。天啊,如果没有别的选择,就连一棵盆景树也行。海滩上，男孩和狗相互戏耍着，这是只有和真正爱的对象在一起才会有的相处方式。一瞬间，一丝嫉妒袭上心头，但很快就消失了。他深吸了一口饱含海洋气息的空气，脸上浮现出一丝苦涩的微笑。也许没有多少假期是件好事。假期提醒了他：你孑然一身。

盖伊慢慢起身，开始往家走。

经过走廊里激烈的讨论，市政厅里某个人说服了另一个人，认为夏夜是人们上街的时间，林荫大道两侧的树木装饰着小彩灯，把夜色变成一场闪闪发光的嘉年华。

他沿着马路漫步，目光四处游走，身体沉浸在当下的气氛之中。有些细节，他花了几分钟才留意到，但一旦留意便再也忽略不掉：一对夫妇走在他前面，拥抱着、微笑着；旁边的长椅上，一对老夫妇依偎在一起，手拉着手；一个男孩和一个女孩，都不到十岁，跑在他面前的小路上。

这显然只是他的错觉。就像孕妇看哪儿都有婴儿车，戒烟者只看得到香烟，对孤独的人而言，目之所及都是一对对的。

盖伊四处张望，想在街上发现一个和他一样，没有伴侣陪伴的人。没有，只有各式各样、成双成对的行人。有的目的明确，快步走去，有的相互拥抱着，步伐一致地慢慢行走，有的站在角落里窃窃私语。

是的，他需要一只狗。

终于，在成双成对的人群中，他突然发现一个人形单影只地快步走向某个地点。盖伊几乎要向他表示感谢，他让自己终于不是这附近唯一一个没伴儿的人了。而就在此时，那男人撞到一个从玩具店出来的女人，把她小心翼翼抱在怀里的一堆盒子撞飞到空中。盖伊的脑中不由自主地回响起将军的声音。

"我知道你们大多数人都在焦急地期待着这一课，"他对他们说，"学生们总是认为，牵线搭桥是非常浪漫的过程。他们也认为会非常简单。你需要的只是一个年轻男人、一个年轻女人还有一个街角，对吗？让男人从这个方向走过来，女人从另一个方向过来，让他们在转角处撞到一块，然后，哇，书掉了，四目相对，一见钟情，诸如此类。类似的废话多得几乎可以解决第三世界的饥饿问题。"

男人向惊呆了的女人道歉，然后拔腿就跑，盖伊对此心中暗笑。这种类型的相遇，一千次中也就成功一次吧；其他九百九十九次中，你必须更努力一点。他希望自己所看到的并不是某个人制造的一个巧合。这种不专业的水平相当令人尴尬。

但艾米丽今天早上是对的，他确实喜欢执行牵线搭桥的巧合。但不是因为浪漫。他不相信浪漫。人们把爱情当作某种"信仰"，就像宗教一样。在这个宗教里，你接受这样一种信念，冥冥之中，人与人之间存在着某种特别的联系，它从本质上不同于任何其他类型的联系，你在其中奉献自己，崇拜某人。人们需要相信一些高于自己的东西，他心想。宗教并不总是能满足他们的这种需求，所以，爱这个概念给予了他们一直在寻找的某种非理性、超越常规生活的深刻含义。如果没有意识到这点，爱就会变成这个世界上的又一项以占有取代付出的东西。豪宅、好车、伟大的爱。你不爱？那你是在浪费生命。

他也曾这样想，但现在已大不相同。他品尝过爱的甘美，并且熟知于心。爱不是如前所述——要比那多得多。他已经收获了属于自己的爱，只是现在，爱已经远走。那一章已然过去，永久封缄。令他沮丧的是，他很久以前就接受了这个事实。现在轮到他管别人了。所以，牵线搭桥对他而言很重要。也许当你帮助别人获得你自己不能再体会的快乐时，你也可以从中得到一点点幸福。毕竟，这个巧合是记在你名下的。

他微笑着走近商店门口的那个女人，帮她收拾包裹。

"谢谢。"她对他说。

"不客气。"他回应。

地板上散落着各种尺寸的小盒子，都是包在炫目包装里的经典儿童游戏。

"这是给我侄子们的，"她一边说，一边把几缕红发别在耳后，"一对双胞胎，下周生日，我决定送些能让他们离开电脑的东西。"

盖伊举起一盒绿色的塑料士兵。"是啊。"他心不在焉地回答。透明盒子里的玩具士兵们正用无辜的目光看着他。

"那个？"她说。

盖伊回过神来："嗯？"

她面带微笑地站在那里,把一堆盒子抵在胸前保持平衡,指了指他手里的东西:"这些玩具士兵,可以给我吗?"

"啊,当然,"他把盒子递给她,"不好意思。"

"你小时候玩这些吗?"她问,"是不是唤起旧时回忆了?"

"不,不,"他试着挤出一个笑容,"我想我刚才是走神了。"

她再次表示感谢,然后离开了。盖伊又在那里待了一会儿,然后继续沿着满是成双成对伴侣的街道走回家。他需要买点面包、巧克力酱、糖、咖啡,还有家里缺的日用品。他得顺路去趟超市。

艾米丽坐在客厅里。

大概这就是将军在等待前线消息时的心情吧,她想。

几个月的规划,满墙的草图,几周的期待,终于到了她可以安排一切的这天,现在她坐在这里,等着电话。

如果她能至少同时做点其他事,可能还没那么可怜。但她就只是干坐着,等待电话铃响。它最好还是乖乖地响。

盖伊上下搜寻着货架,寻找他们把咖啡藏在哪儿了。

是的,他完全知道为什么这些塑料士兵让世界陷入了片刻停滞。记忆清晰得令人尴尬。事实上,这甚至被记录在某本破旧卷角的笔记本里。

那是课程的第二周。"联想101"这门课程的家庭作业是绘制彼此的思维脉络图。将军坚决主张,在他们的职业中,只有少数工具能与理解"一件事让人想起另一件事"的运作机制同等重要——无论这句含糊不清的话到底是什么意思。盖伊绘制埃里克的思维图,埃里克绘制艾米丽的,而艾米丽绘制盖伊的。

绘制埃里克的思维挺简单的。反正都是与女人、成就和马克斯兄弟的喜剧有关。有时候,盖伊必须深入挖掘,才能理解为什么木瓜饮料会让埃里克想到越南,或者为什么当你说"巧克力"的时候,他会想到"萨克斯"。但最终,这些都能被合理解释,而且对他的绘制也令将军感到满意。

想到自己的想法会被别人一五一十掌握,是相当令人不安的。

艾米丽做得非常彻底。她一定要盖伊说清楚才行。她争辩说,把"书"和"书架"联系起来完全合乎逻辑,但为什么"书架"会让你想起《虎胆龙威2》呢?他不得不解释一些奇怪的联想,比如拖鞋和刺猬,微笑和蝙蝠,地砖和五彩的机器人。但她最感兴趣的发现,是玩具士兵能令他想到爱。

"你得解释给我听。"她的眼睛闪闪发亮。他们坐在他公寓的地板上,旁边是一盒打开的幸运饼干,那是艾米丽在某处找到的。每当盖伊觉得有些累了,他们就拿一块饼干打开,想想里面的纸条语录能不能用到巧合制造上。这时候,盒子已经半空了。

"因为这让我想起第一次约会,"他试图避开这个问题,"仅此而已。"

"细节,"她擦着自己的手追问,"快说细节。"

"埃里克绘图时把你逼疯了,所以现在轮到你对付我了吗?"

她淘气地笑了,"我只是想努力做好作业。"扬起的眉毛泄露了她撒的小小谎言。

于是他告诉了她,关于卡桑德拉,关于他们如何相遇,又如何分离,以及其间发生的一切。艾米丽认真倾听,偶尔迟疑地发问,她很好奇,好像知道他们之间再也不会谈这个话题了。

自此,聚会成了惯例。在课程期间,他们经常碰面喝杯咖啡,再来盒幸运饼干。埃里克有时也加入他们,但通常会以"一生难得的机会"和某人困在电梯里之类的借口放他们鸽子,所以就只有他们两个。所有的讨论源于甜面团里包裹的一张纸。他们没有再谈过卡桑德拉,也不谈艾米丽之前的工作,绝对不谈课程。他们谈音乐,但不将其作为可以激发客户联想的某种工具;他们也谈电影,但不涉及那些能引起压抑情绪的场景,也不试图去发现哪个剧本是在巧合制造师介入后写的。他们谈到了最喜欢的电视节目,却没有提及"通过发起停电来建立评估"这门课中的教训,他们甚至谈政治,同时心知肚明地忽略扬名立万的真实方式。

事实是,他很怀念这些。课程结束后就再没有他们两个人独处说话的机会。他们的日程安排相当疯狂,总有一个人在忙于准备新的巧合。作为这个行业的新人,他们还没有学会如何有效管理自己的时间而不过分投入巧合制造。聚会取消了两次、三次,然后,这个惯例就不再了。几个月后,当埃里克坚持建立三人早餐会的新惯例时,他们找到了一种协调繁忙日程安排的方式,那些幸运饼干之夜就似乎有点多余了。他又想起海滩上的男孩和狗。他现在就需要那样一种友谊。一杯酒,终究不是令人满意的朋友。

他在第三排找到了想要的那种咖啡,放在其他不同类型、稍贵些的咖啡的后面。他把罐子放在空荡荡的购物车里,又走了三步,然后看到了货架上的幸运饼干,正在打折。

买一送一。

艾米丽等手机响了三声半后接起电话。

"等一下。"她说。

她把手机从耳边略微移开,然后在心里数到十。她心跳如狂,所以多数了几秒。

"啊,好了,"她把手机拿回耳边,"不好意思,我刚才有点事。"

"嗨,"盖伊说,"你好吗?"

"很好。"她说。

"还记得我们以前吃的幸运饼干吗?"

"当然记得,"她回答,"我想想,有好几次它们的预言还挺灵验的。"

"你还记得是什么牌子吗?"

"不记得了……好像是放在一个锡盒里?"

"棕色的盒子,上面有红色条纹,对吗?"

"是的。"

"我刚好在超市里看到。有好一段时间没见到这样的盒子了。"

"哇,真让人怀念。"她说,"也帮我带一盒吧。"

"呃,你知道吗?"他问。

我当然知道了。我很清楚地知道你想说什么。我希望的是你也知道!"什么?"

"你要不要过来?我们像以前一样,来点饼干如何?"

"我想我可以把一些事推迟到明天……"她故意慢吞吞地回应,想给人一种她犹豫不决的感觉。

"来吧,来吧,这会很有意思的。"他说。

"那就这样吧!"艾米丽说,"我们还可以一起看个电影。这次轮到你来选片了!"

"好。"

"好极了。我换身衣服,几分钟就出来。"

他们结束了谈话。艾米丽兴奋不已,就好像把自己猎到的熊头挂到了小窝的墙上一般。她在公寓里雀跃不已,拼命压制着不让自己叫出声来。边上还有邻居,你懂的。所以她只能像小女孩一样,从一个房间跳到另一个房间,贴近墙壁,踮起脚尖亲吻墙上盖伊的名字。

盖伊心想,和另一个有呼吸的生物交谈来给这一天结尾也不错。他看了一下手机上网飞视频推荐的节目单。

《弱点》

《美丽人生》

《巡弋飞弹》

《生活多美好》

《漂亮女人》

《一夜风流》

他摇摇头,觉得有点奇怪。

他并不习惯在自己的推荐列表上看到浪漫喜剧。但还不仅于此,一定还有什么别的因素。不过,他选择无视这种感觉,闭着眼随意选择了一部电影。

《逍遥法外》

艾米丽会喜欢的。她是汤姆·汉克斯的忠实粉丝。

直到他回到家里,才意识到自己的这个提议意味着什么。

他已经很久没有招待过谁了。事实上,现在他也没多少时间可以做准备。十分钟?

客厅里,衣服扔得到处都是,桌布上的旧渍幽怨地盯着他,一大摞书、小册子还有当年上课时的各种笔记本仍堆在角落里,像是一座拖延症的丰碑,更不要说铺在昨天刚刷过的墙壁下的报纸了。

他迅速收拾好衣服,把书推到一张沙发背后。透过百叶窗往外一瞥,艾米丽已经在街上了。他匆忙沿着墙壁铲起报纸,不假思索地扔到其他房间，然后扑倒在沙发上，打开电视，这样艾米丽来的时候，他看起来就会像是一直在看电视一样。

屏幕上出现了一个面带微笑的大胡子男，背后是雄伟的雪山。男人的脸红红的，有晒伤的痕迹，厚厚的羽绒服严严实实遮到他的脖子，但他的眼睛闪烁着深蓝色的光芒。

"首先，祝贺你。"采访者说，除了握着麦克风的手，他并没有出现在屏幕内，"我知道这已经是你第二次尝试征服这座高峰。"

"是啊，"大胡子说，"上一次不是很成功。说实话，还挺吓人的。我摔断了腿……真是一团糟。"

"即便如此，你还是决定再试一次。"

"你懂的，"大胡子说着，笑得更灿烂了，"所以人们需要第二次机会。有些事情你知道自己必须做到，不能放弃。我很清楚，我需要再试一次。而且这一次，我得到了特别好的支持。"他伸出手，一个黝黑的短发女子进入画面，和男人一样裹在一件厚厚的夹克里。男人把他的络腮胡抵在她的额头上，她挥了挥手，咯咯笑了。

艾米丽在敲门。

他们一起坐在沙发上，追忆过往。有埃里克参加的那么多次聚会上，他自会说些一本正经的傻话，很显然现在需要做些调整。这样孤男寡女，他们感到有点生疏。

"还闻得到油漆味。"艾米丽说。那个载着她内心飞来飞去的自动驾驶员仍然想控制全场。

"是啊,不……不容易散。"盖伊回答。在他们面前的屏幕上,大胡子仍在无声地侃侃而谈。

艾米丽站起来,把百叶窗拉开了一点,走回来的时候顺手拿起幸运饼干的盒子,递给盖伊。"你一块,"她说着,看到盖伊微笑着拿了一块,"我一块。"她也随手拿了块饼干。

她盘腿坐到他对面的沙发上。

"我真的很高兴你能邀我来,"她说,"我们好久没有这样了。我很怀念。"

盖伊朝她笑笑,打开幸运饼干,取出里面的小纸条。电力骤停,灯光熄灭。那之前的片刻,他读到了纸条上的句子,然后抬眼看向艾米丽。

"别只知道望远。对于那个最重要问题,答案可能近在眼前。"

黑暗沉默不语地包围住他们,四周充斥着期待。艾米丽笔直地坐着,屏住呼吸。

她知道,路灯的微弱光芒会穿过百叶窗刚好斜射在她的眼睛上,令双眸闪闪发光。她听到心跳声,但分不出是自己的,还是他的。电力恢复后,他仍然注视着她的双眼。两人仍旧默默无言。

最终,他放下那块捏碎的饼干,开口了:"我想现在我意识到一些事,一些我早该意识到的事。"

她轻颤。"你是说？"她轻声地问。

"我不想再像以前那样相处了。"他说，她看到他的双颊浮现一抹红晕，"我希望我们之间能以一种新的方式相处，与以前截然不同。我想，是时候开始尝试新的旅程了。"

"我很赞成。"她仍无法恢复正常的声音。

"我在过去的影子里活得太久了。"

"是啊……"

"有些感觉，我到今天才真正意识到。"

"盖伊……"

"去她的卡桑德拉。我想要的是你。"

"哦，盖伊。"

电灯重新亮起，艾米丽摆脱幻想，回到现实世界。盖伊正坐在她面前，盯着手里捏碎的饼干和那张纸条。他抬眼看她，问道："艾米丽，这是怎么回事？"

"什么？"

他内心的某一部分似乎坚硬起来。他起身到沙发后面四处翻找，拿出一本马上要散架的褪色笔记本，上面写着"目标选择技巧，第二部分"。他快速翻到想找的那页，然后把笔记本放在桌子上，那一页的标题是"第73项：从一个预先准备好的盒子里取出物品，维顿训练的变形"。里面详细阐述了该如何转动盒子，让目标人物认为自己只是随机从中取出一样东西，但事实上一切早就安排好了。

艾米丽沉默地看着打开的笔记本。

"你安排我取出这块饼干，是不是？"

她无言以对，紧紧捏住手中的饼干。

"是不是？"

她继续沉默。他把笔记本扔到房间的另一边，在她对面坐下，"到底怎么回事？"

"有一个人，我上过的一门课上遇到的一个好朋友，和我说起他的初恋故事，"艾米丽平静地开口了，"他说，他曾经以为爱是一种仰慕，只是带着愉悦的气息。你抑制不住地去想念一个人，因为各种各样的理由成为这个人的粉丝，然后那个人也刚好成为你的粉丝。毕竟，每个人都是这样说的，不是吗？电光火石，或者日久生情，就像一道白光闪过，瞬间领会到两人灵魂相通，诸如此类的废话。"

"超市里的饼干也是你安排的？你还安排了那个玩具商店门口的女人？"他不会真的对她生气，永远不会，但他不得不装出生气的样子。她一定要明白，这不可能，绝不可能。

"然后，当一个人来到他的生命中，我的这位朋友发现别人说的都不对，就连他自己曾以为的都是错的。爱不是一种仰慕，根本不是。所有故事的开端总是相似的，但很快这种肤浅的仰慕会变成更真实的东西。那是一种回家的感觉。在那里，他被需要，被尊重，恰到好处。特别是，他觉得自己属于那里。他感觉到了这一点，这也是为什么他会说，他们之间好像一见如故，就好像是某件事被迫中断了一段时间以后又可以重新来过，尽管他也不知道这个'某件事'到底是什么。他告诉我，他从来没有觉得那是一种开始，更觉得是一种继续。"

"艾米丽，听我说……"

她竭尽全力，不想让自己的声音听起来像是在求他。不要求他。"盖伊……你睁眼看看，"她说，"你从来没有遇到适合你的爱情，因为你根本没有在寻找。你在找卡桑德拉，但又早早放弃了。你在找的是一个曾经存在而如今已杳无踪迹的人。你囚禁在已经不复存在的过去里。我很难过，看到你想要给一张早已抹去线条的图片上色，去想象那些——"

"我并不是在想象，而是在回忆。我所留下的只有回忆。"他打断她，"回忆和想象不一样。"

"你仍然还是回忆的俘虏。"她回击道。

"这样对我有好处。"

"但对我不好。"

两人沉默对坐。

慢慢地，所有的思绪都聚集到一点。嘀、嘀、嘀，他明白了她的心意，她真正想要安排的是什么，而她也知道他已经明白了。他知道她知道他知道……两人陷入一种心知肚明的沉默。

她到底在想什么啊！

"什么时候开始的……"

"很久了。我一直在想，该怎么告诉你，该怎么让你知道，该怎么……"她有点发抖。她的身体说，我需要一个拥抱。而他的身体说，不。

"我是指今天。你是什么时候开始给我制造巧合的？"他谨慎地问。

"从沙滩那时候。"艾米丽说。

"男孩和狗？"

"是的。"

"满街的成双成对的人。"

"是的，还有其他……"我需要一个拥抱，难道你还看不出来吗？

哦，见鬼，让一切都过去吧。

"我想，我们曾经开了一个头，中途中断了，但现在可以继续下去，"艾米丽说，"你就没有这么想过吗？一次也没有？我就是这么想的。每次你在我身边，每次你靠近我，我都有种回家的感觉。我想从暂停的那个点继续下去。我……"

"艾米丽。"他开口了。

"相信我，"她说，"的确有这样的一个地方。"

她应该让电停得更久一些，很久很久。现在他看得见她在哭了。

"很抱歉，"他说，"你很好，真的非常好。你知道我们在一起的时候我有多开心，但是……"

总有转折，是不是？心理上的大反转。

他深深吸了一口气。"但这没用。对我没用。我们不可能在一起，再多的巧合也是徒劳。"

她一刻也不能待下去了。

没有那个点，一切毫无意义。

该问的她都问了，也展示了自己的求爱天赋。她已经努力了这么久，只为了一个可能。而他的答复是安静而响亮的"不"。

她慢慢向走廊走去，竭力不让自己跌倒，然后发现幸运饼干仍然在她手里。这一天，她提前安排了太多事情，但她的饼干的确是随机拿的。她打开饼干，取出里面的小纸条。

"有时候，"纸条对她轻声细语，"失望是一个全新而精彩的开始。"

"是啊，毫无疑问。"她说。楼道里的灯熄灭了，她摸索着向楼下走去。

⑩

该死的,赶紧让我进去!

会计师艾迪·利维正站在楼梯口,弯着腰,努力把钥匙往锁孔里插。

他的手很稳,恼怒得咬紧牙关,但不知怎的,插入和转动钥匙这再简单不过的动作变得复杂无比。他心中暗骂。

他瞥了一眼手表。内心的烦乱持续了将近八分钟。这种模糊的感觉很难说清,但他知道自己恨死这种感觉了。

钥匙终于滑进了锁孔里,他推开门,进屋打开了灯。想到钥匙孔周围的那些划痕,他觉得自己简直像一个低级的醉鬼。

他试着深吸口气,平静下来,理清思绪。

深呼吸会让更多空气进入肺部,更多氧气进入血液,大脑会自取所需,从而减速运行,恢复常态。他感到似乎有人把一个小橡胶球射进了他的头里,现在,球正向四面八方乱弹。

不过没有必要夸大其词。这没什么。他不是一个情绪化的人,并一直为此感到无比自豪。

当周围的人被难以捉摸的冲动左右时,他早已为自己设定了边界。他已经不再向旁人解释这点,毫无意义。人们总是确信自己能感受。要让他们意识到这仅仅是种化学反应,是神经元间的微小电流,总会让他们觉得过于机械化。

艾迪不介意变成机器。这是现实,人们应当大方承认。人啊,不就是一块肉,一堆DNA,一套有着自我意识的器官。那又怎么样?现实就是这样啊。

但现在,他发现自己在小公寓里来回踱步,四壁上是满满当当的书架,他从一面墙走到另一面墙,打破凝重的空气,想要弄清这种不安感的来源,并且把它塞回曾经蛰伏的那个非理智洞穴。

他停了下来,摇了摇头。

音乐。他得听点音乐。在某个架子的最下层放着一套积满灰尘的唱片。他已经很久没听了。他有一张钢琴和管弦乐队的协奏曲CD,只听过其中四首曲目——算是主要曲目,有着结构化的音乐主题,严谨得就像包含两个未知数的公式一样。

音乐,这是他所需要的。

他拿出破破烂烂的旧随身听,上面缠着耳机线,仿佛一条缠住了猎物的蛇。他坐在扶手椅上。第一声旋律便开始复原他熟悉的宇宙秩序。

他闭上眼睛。清澈的、近乎战斗般的节奏将他淹没。他不再是那个坐在扶手椅上的暴躁男人。他带着单纯的想法从远处审视自己,也审视着这个世界。扶手椅变成了一团合成分子,而坐在椅子上的,则是一套水泵和管道、风箱和气口、杠杆和组织。他陷入更深的沉思,进入冰冷的太空,看到一个可怜巴巴的蓝色小球围绕着燃烧的大火球打转。一步步再深入，直到一切都成为空虚中静止的斑点。如果一个人站得足够高，所有的东西看起来其实都是一样的，无非是以复杂形式排列的原子而已。无论是一块随机横穿银河系的花岗岩，还是由肌肉组成的血泵，即使有人曾觉得那就是人类情感之所在。

一曲终了。

再听一首又慢又烦人的曲子本没有什么意义。换作其他任何一天，他都会关掉音乐，很快地接着利用晚上剩下的时间做其他事情。但也许是因为走得有点累，也许是因为他在扶手椅上坐得太舒服，而随身听又远远滑落到地板上，他发现自己被带到乐曲的下一章，那是温柔、诱人、感伤的部分，他已经多年没有听过了。

当他醒来的时候，随身听已经停止了工作。

CD 放到一半，电池就用完了，但他似乎仍然能在梦中听到乐声。他的身体非常沉重，当他伸手触摸自己的脸庞时，惊觉一片湿润。

他在流汗。

等一下——不，不是汗。

当意识到那是泪痕的时候，他骇然呆住。睡梦中，他掉了一滴眼泪，而眼泪是他最不需要的东西。

但现在，他的手指触碰到了这可怕的盐分，就像一闪而灭的闪光灯一样，他曾经引以为豪的距离感瞬间消失了。扶手椅里这个复杂而随机的系统不复存在，取而代之的是一个孤独忧郁的男人，坐在百叶窗紧闭的公寓里。

这都是因为她。

他只是像往常一样晚上出去散步。在办公室里坐了一整天后，他的关节需要活动活动。会计这行并不是体力劳动。他喜欢对自己好一点，五公里的快步走已经成了他的惯例。

一开始，他远远地看到她走出大楼，肩膀无力地耷拉着。没什么特别引人注意的。他走得比她快，和她那消瘦而脆弱的背影之间的距离越来越近。在大楼一角，她向右边拐去。当他从她身边走过时斜眼瞥了一下，看到她泪流满面，跌坐在地，悲痛欲绝。

这并不是艾迪·利维第一次看到年轻女人哭泣。毕竟，在进化的过程中，女性成了那么爱哭的一种生物。但那一刻，她的整个身体希望借由双眼所摆脱的一些情绪，让他内心遗忘已久的真相产生了共鸣，让他放慢了脚步。

有那么一瞬间，他很认真地考虑要走近她，问一下是否一切安好。

但他立刻恢复理智，继续前行，很快拉开了与她之间的距离。他仍然能听到她的抽泣，这种戏剧性的场景让他觉得，好像有人把他的心挖了出来，然后颠倒着放了回去。他为自己居然有这样的感受而震惊不已。

好几个星期以来，就没什么事情是"对头"的。他说不出具体事例，但偶尔，那些他曾经认为自己已经根除的想法，会不经意间渗透他的防御。现在又发生了这样的事。

艾迪试着用自己对人体内部运作机制的了解来解释脑中的震颤和灼烧。你并不是神经紧张，他告诉自己。你只是分泌了太多皮质醇。就像并没有"乐趣"这种东西，而只有多巴胺一样。每一种情绪都对应一个化学名称和化学成分。

他看着面前长长一排书架。

一排排的书，几乎涵盖了世界上每一个科学科目。宇宙学、物理学、生物学、神经学。你们应该支撑我，让我远离这些无意义的困扰。

就在几天前，他不得不挺身维护自己的书架。街对面一个人车胎漏气，请他帮忙叫一下拖车。那个人没有手机，他说自己痛恨这种玩意儿。能不能借你的座机一用？一分钟就好。

艾迪第一千次在心里咒骂自己住在一楼的事实。是的，当然可以，为什么不呢？固定电话就在那边。

那个人骨瘦如柴，苍白得近乎透明，有着一双在学校里被欺凌的孩子似的眼睛。在打完电话离开之前，他打量着这些书架，问艾迪为什么没有散文或诗歌。艾迪告诉他自己不需要，因为令他感兴趣的是世界的真理。

这个自称是"诗人"的家伙开始诉说各种关于爱情和文化的荒谬言论，还有我们并不仅仅只有科学一途来"发现自我"之类的。艾迪没等他说完，就直白地把事实像一桶冷水一样泼向他。

艾迪说，经过充分研究，这个世界暴露出完全的技术复杂性和情感贫乏性，这点无法忽视。为了宝贵且明确的真理，人需要放弃一些自作多情的观点。比如，人们爱自己的孩子，是因为在进化过程中，经过多年的精细调整，人们发现对后代的爱有利于物种的生存。大大的眼睛，小小的脸，都是蒙蔽计划的一部分，目的是唤起我们的保护欲。巧妙？也许。令人激动？并不一定。爱是变相的性吸引力；宗教是一项发明，旨在安慰处于自然威胁下的人性；恐惧是一种生存机制；贪婪是一种社会习俗，缺少了这种习俗，人类屈服于消极生存；对意义的探寻是拥有自我意识的代价，而且注定失败。一层又一层的系统，让我们消化食物，使之变成废物，也让某些人把自己定义为"诗人"（艾迪指着对方），还自命不凡。

一旦你习惯了这样的理论，诸事就更实际了。你不能被另一个人的扁桃体问题所伤害，或者因为某人没有被你的信息素所吸引而感到沮丧。最主要的是，你不可能在无意义可言的生活中失败。本质上，我们努力生存只是因为我们努力生存，其余的都是精神装饰和自我说服。这个诗人——事实上，艾迪甚至没有听清他的名字——诧异地看了他一眼，就出门回到车上，等待拖车到来。

但现在，所有这些书都没能保护他。有一瞬间，他想在愤怒中席卷书架，用最让它们痛苦的方式把书都扫到地板上。他想把那位伤心的年轻女子所带来的挫折感统统扔出去。她喷涌出一阵放射性的同情，裂开了他的世界观壁垒，加剧了那种无人理解的孤独感。他想把这些都扔到地上，然后踩在毫无生命的书页上，宛如一位船长，站在即将沉没的轮船上。

但当然，他没有这么做。他不是这样的人。

他走进厨房，关上身后的门，在小桌旁坐下来。

面前是一条旧的红色毛巾，一罐咖啡，一张白纸和一支蓝色的钢笔。白纸的最上部分用他工整的字迹写着购物清单，列出他每周去超市需要购买的物品。

人是数字的集合，如此而已。身高、年龄、血压、反应速度、脉搏、细胞数。一切都可以测量。每一段凄美的旋律背后是数学；每一次杂技演员的惊险跳跃背后是物理；每一次心碎的背后是化学。而想到她的悲伤正以一种奇异的、不可估量的宏大方式，在他身上不断回响——这的确太诡异了。

他手里拿着钢笔，开始在纸上一角画小方块，就像一个小男孩尽量不让自己在课堂上捣乱一样。但这并不管用。半小时后，他发现自己坐在厨房的桌子旁，震惊地盯着面前的白纸。

纸上写了十行字。

右上角的三行干净整洁，写着糖、纸巾和洗衣粉。而在正对的角落，则有另外七行，弯弯曲曲，满是涂改和修正的痕迹——这是他在尝试用超越原生情感之外独一无二的言语来进行雕刻。

我的天，他心想。

我写了首诗。

艾迪抓起那张纸，快速揉成一个又小又紧的球，扔进垃圾桶里。

他记不得之前发生了什么。就好像有人控制了他的身体，思考一些不属于他的念头，感受一些不属于他的感受，写下这首该死的诗，他对此丝毫不理解，也根本不想理解。

他不需要这种艺术性的弱点。他只会一如既往地蔑视它。他不愿仅仅因为街角的一个脆弱女人令他不安，就把这种东西带进自己的生活。

他决定去睡觉，明天又是新的一天。这些无聊的事物会沉回他的潜意识里，他会以自己所选择的样子重新面对这个世界。

他躺在床上，生自己的气。一个剑走偏锋的念头突然出现，让他一下清楚了是什么使他如此烦恼。他无法回避这个念头。

这种感觉，发自内心，就好像他从无到有创造出的东西。他人生的其他部分，在他看来只是一些基本材料的重复组合，同样的事情一再重复，只是顺序不同而已。而现在的这种感觉，就好像是从他心底焕发的，一个全新的、鲜活的、陌生的答案。

够了，他告诫自己，没有灵魂这回事，生物体的精密性外再无其他。

再无其他？那这又是什么？

这个念头吓坏了他那成千上万个旧有自我的碎片。它们蜂拥而至，想在发生什么之前堵住裂缝。

这绝不能发生。

因为如果发生了,他会认为自己的生活是个错误。他会回首过往,为做过的每一个选择而惊慌失措。他的世界观曾是那么的明确,任何一点裂痕或者疑问都会让一切变成对时间丧心病狂的浪费。那些错过多年的良机。所以最好还是继续下去。别在现在改变,伙计!不要改变!

人们的改变只会出于危机,而非成长。如果你变了,那就意味着你身处危机。你绝不能让自己陷入危机。

但在内心深处,在所有这些焦虑的科学碎片下,他的灵魂正在大街上歇斯底里地尖叫。他已经知道了,他以前并不明白。他困在了无人能解的先有鸡还是先有蛋的问题中:是世界观塑造了人格,还是人格塑造了世界观?他知道,他可以把一切视为一种复杂的自我幻想,但他也可以向内心屈服,接受自己的内心,也许,只是也许,不止是因果构成的系统。更糟糕的是,他意识到他永远不可能以真理的利刃去切割现实来获得答案。人生第一次,他萌生了一个念头:不管多么努力地尝试,他以前从未优雅而客观地从外部直面现实,而是一直从内部,从内心的最深处。这个念头让他体会到真正的恐惧,同时也可以转化为巨大的喜悦。

透过百叶窗的缝隙,艾迪·利维看到了月亮。他现在可以在两种视角之间来回切换:一种是他看到一块巨大的岩石在太空中绕着轨道运行,四周裹着无数不幸粉碎的小行星;另一种视角下,爱人正把头靠在你肩膀上,闭上双眼,皎洁月光是背景。

他下床走向厨房。

总有一些屈服让你心甘情愿。或许他是失去了理智。那又怎样？理当如此。

他从垃圾箱里把揉成一团的那页纸找了出来，把它展平，努力让它恢复成可以书写的纸张。他甚至没有看一眼先前写的诗，而是翻过来，开始创作第二首诗。书页拥抱着墨水，他就好像身处森林，前面又有一条路豁然开朗。

⑪

盖伊比昨天信封里约定的时间早了五分钟来到街角。正值清晨，交通也像是刚刚苏醒，但已经显示出痕迹：它随时可以把整个城市从这头堵到那头。街道的另一边，一个睡眼惺忪的售货员正在收拾橱窗。她拼命地想挂上一块牌子，上面写着："跳楼价！大折扣！"背景是一个巨大的红色箭头，异常醒目。离她不远的十字路口，一名警察因为交通灯失灵而不得不上场指挥。街上缓慢而笃定地挤满了人、汽车、噪音，还有一名忧心忡忡的巧合制造师。

他想弄明白究竟会发生什么，但那句关于迎头一击的奇怪句子似乎与任何可能的指令都毫无关系。周围的街道与往常无异，而他站在那里，等待一些迹象或暗示出现。还有多长时间来着？两分钟。

昨天和艾米丽的聚会以沉默结束。他没有说出心里话，她也没能回以自己真正想要说的。她走后，他洗了一个小时的澡，脑子里空空如也，却躁动不安。我多希望我能爱你，但我不能。我已经心有所属。

他知道这件事终究会发生。课程学习过程中，他们就开始了这种复杂的进进退退，她有意无意地发出暗示，而他像躲避一颗颗小小的子弹一样四处逃避，只为了保持他们现有的一切。他告诉自己，她迟早会和其他男人约会的。现在她只认识我和埃里克。新人一旦进入她的生活，她就会翻篇。所以，坚持下去。

因为事实就是这样：有些女人只能做好朋友，不是吗？你永远不会爱上她们，因为她们不能在你心里停留，一旦离开就与你再无瓜葛。的确，艾米丽是最懂自己的人。她令他开怀大笑，在他不得不学习成百上千张可能事件及其反馈的列表时大力支持他，在他因为没能准确计算天知道什么玩意儿而导致任务失败时悉心聆听他大吐苦水。好吧，那又怎样？他梦见的不是她。她没有占据他的心灵，也没有使他颤抖。她没有每时每刻占据他的思想。他并没有和她一起翱翔。

而内心深处，另一个细微的声音加了一条：她不是卡桑德拉。

他更想保持现状，他已经习惯了。他意识到自己表现得像一个神经质的悲剧英雄，但有些事情是无法解释的，其中之一就是，他只知道自己不会再心动了。那并不可怕。为什么别人就不能接受这一点呢？

让我一个人静静吧，他想。

现在该怎么办？

下次他们见面会怎样？

他们又将如何维系这份曾是友谊的脆弱情谊？

当然，埃里克会察觉这一切。他总是洞若观火。而且他一定会大做文章。本来到现在为止一切都简简单单，她为什么要把一切弄得这么复杂？

好了，够了。集中精神。还有半分钟就是新任务的碰头时间，他该做什么？

好了，好了。让我们回归根本。

有时候，他不得不提醒自己，要成为巧合制造师，需要了解的现实其实只是一些非常简单的事情，其余都只是细节。从大处着眼，寻找别人看不到的背景联系，试着领先于现实一步，在事情发生之前就把握它的方向。

将军把教的每一条规则都和一幅画联系起来，每当他向他们解释一条规则，他们的脑海中就刻下了一幅图像。这多少奏效了。盖伊的脑海中满是从悬崖顶端滚下的大猩猩，穿着布满蕨类植物图案睡衣的小矮人，在巧克力蹦床上方伸展身体的无头杂技演员，当然，还有台球。将军很喜欢用球来做说明。

没什么课程会将第一堂课放在昏暗的台球俱乐部里。但盖伊后来意识到，对将军而言，没有比这儿更合适的地方了。

那天晚上，将军选的那家小俱乐部里没有多少人。两个年轻人在角落里打台球，有时聚精会神地将身体伸展过台球桌，有时又无动于衷地摆出悠然自在的姿势，他们手指间斜捏着一瓶冰啤酒晃晃悠悠，眼睛盯着绿色毡桌上台球的踪迹。

一对夫妇安静地坐在吧台那里，比起言语，他们之间更多的是沉默和凝视。他们原本指望这个地方挤满了人，这样他们可以融入环境，而不只是一起坐着，可以时隔多年后再次回忆起"出来浪"的感受。而现在，他们不得不尝试一些真正的互动——谈话、内容、微表情,还有所有的一切。角落里,有人指间夹着烟盒里的倒数第二支烟,表情茫然,胡子拉碴,像是三四天没刮了。他总是坐在这个角落里抽烟,因为无处可去。他的小眼睛漫无目的地乱看,没拿烟的那只手搁在自己的大腿上,与眼睛一样无动于衷,指甲有点磨损。

将军把九个球排成菱形放在桌上。他头也不抬,伸出手来。"球杆。"他说。

埃里克急忙把球杆递给他。将军接过来,眼神半是专注、半是玩味地看着球。他绕着桌子走来走去,把母球放在合适的地方。伴着一串自然流畅的动作,他弯下腰,用球杆瞄准了几秒钟。"开始吧。四号球入右上袋。"他说着,用力击中白色的母球,五颜六色的台球像受惊的小鸟般散落四方。一些球碰到桌边弹了回来。四号球,也就是紫色那个,慢慢滚动着,直到轻轻地落入右上角的袋子里。

将军直起身,看着站在桌子旁的他们三个。

"好了,"他说,"你们以为自己知道我要说什么。你们确信,我会解释作用与反作用,谈及牛顿定律、洛伦茨吸引子、李特尔伍德定律以及其他用来计算结果的方式,并用台球桌作为一个隐喻。但隐喻其实是废话。你永远也找不到两个可以真正相互映衬的隐喻。如果真有一对互为完美隐喻的东西,那他们显然就是一码事。宇宙不会浪费时间。"

他向右转,沿着桌子走到盖伊旁边。"请让一下,年轻人。"他说着,抬了抬眉毛。盖伊马上照做。将军摆出球杆,瞄准了目标。"一直以来,"他说,"隐喻与本意之间的不一致总是存在的,反之亦然。所以，是的，我们可以用互相撞击的台球作为隐喻，来解释相互影响的事件，但是有一些基本的东西是不同的。盖伊，我问你，现在会发生什么？"

盖伊回过神来："什么？"

"终于醒过来了，早上好。"将军说，"欢迎加入我们。在你刷牙喝第一杯咖啡之前——告诉我，现在会发生什么？"

"我……呃……"盖伊迅速扫了一眼桌子，想弄清球与球之间的力量平衡，以及将军击球将产生的影响。"我想你会击中黄色的球，然后黄色的球会击中橙色的，差不多就能把它打进那个中间袋子。"

将军击了一下白色的球，白球击中了黄球，黄球向前移动，微微旋转，击中了橙色球，把它撞进了另一边的中间袋里，画出一道弧线。

"给你一个接下来的课程的提示，"他说，"我不喜欢'差不多'这种说法。"

他走到桌子的另一边。

"不要再说'橙色的球，黄色的球'之类的。这是一个九球池。每个球上面都有个数字，这是有原因的。接下来是台球和现实生活的第一个区别：如果你想预测下一步会发生什么，你会发现，在台球中，一切预测随着时间的推移变得越来越容易。球少了，能发生的事件也少了。此外这个游戏还有非常明确的规则。你只能打某几个球，而不能打其他球。你不能把球打到桌子底下，诸如此类。在台球里，你每进一步，用于解释到底发生了什么的物理数据都会简化。我要提醒你们：作为巧合制造师，你们的目标是发现正确的球，并用合适的方式在合适的地点击出它。但在生活中，任何元素都不会消失，问题也不会简化。相反，你采取了一个行动之后，更可能把情况变得更加复杂。"他俯身在桌子上，"艾米丽，现在会发生什么？"

艾米丽差不多准备好了。差不多。

"一号球将击中六号球，六号会击中旁边的球，然后……"

"太啰嗦了。现在会发生什么？"

艾米丽深深地吸了口气："三号球落进角袋。"

将军击打母球，命中六号球，随即撞到旁边的球，略弹回左边。最后，六号球落在与艾米丽所指相反的角袋里。她用手捂住脸。

"第二个区别是，"将军说，"生活中不存在'理论'，这个星球上的七十亿人可以在任意时刻击打七十亿个球。而这些只是人类的范畴。你们会惊讶地发现，现实中还有许多其他的元素相互呼应并影响着我们。言语、思想、信念、恐惧，而这还没算我们周围的物体。埃里克，现在会发生什么？"

"好吧，"埃里克深吸了一口气，看了看桌子，"三号球将最终落进靠近我们的口袋里。"

将军沮丧地摇摇头。"你所做的假设建立在我所站的位置上，而不是这些球。"他绕着桌子走过去，弯下腰，不做瞄准，径直把母球击向了一号球的方向，一号球直接飞进了对面的口袋。

"球本身是无所谓的，"将军倚着他的球杆说，"它们不关心会落入哪个口袋,也不关心打得多狠。你不会因为七号球在六号球之前进袋就觉得不舒服。没有一个球会因为自己独自待在角落里而哭泣。你越不关心,就越容易把事情管理好。但是那些巧合制造对象会让你伤心。有时候,如果你不学会在某些时刻薄点,就不会意识到有时你需要给人一点打击,他们才能朝正确的方向前进,如果你不能置身事外,你就无法制造巧合。另一方面,如果你不在乎,始终游戏人间,那你会变成更糟糕的巧合制造师。盖伊,现在呢?"

"二号球撞到七号球,七号球滚进角袋。"

将军俯身击球。七号球滚入角袋。

"厉害。"埃里克钦佩地说。

"多谢。"盖伊微笑回应。

"安静点,还没结束呢。"将军说。

"三号球进右边角袋。"艾米丽说。

"有点着急,"将军说,"但你又错了。"

艾米丽又看了看球桌。"二号球进靠近我们这边的左袋。但这可不容易,因为你还需要……"

"又错了。"将军说。

"那么九号球?到右边角袋?因为不算太远?而且它在三号球的后面,所以……"

"不是九号球。"

艾米丽难以置信地摇了摇头:"八号?黑色的那个?但你应该

在最后才打这个球。"

将军弯下腰,举起球杆。"我这是在打九球,不是八球。你在错误的规则上得出结论。"他把八号球送入中间口袋,然后看向艾米丽,她紧紧抿着嘴。"的确,所有球的运转都遵照大家耳熟能详的普适性规则。但若涉及人,就更复杂了。因为人们为自己制定的规则更隐晦、更奇怪。风俗、可笑的餐桌礼仪、社会规定,不一而足。这还没完。有人可能不愿意让盘子里的肉碰到豌豆,或者要检查五十次自己锁没锁门,或者因为不安全感而粗鲁地拒绝每一个年轻女性。你需要知道这些。你遇到的每一个'球'都生活在有自己独特规则的世界里。"

桌子上还剩三个球:蓝色的二号球、红色的三号球、还有黄白相间的九号球。

"好,"将军说,"现在谁来预测?"

埃里克小心翼翼地举起手。

"你来。"将军说。

"二号球进最左边角袋。"埃里克说。

"再想想。"将军说。

"但你需要先打二号球。"埃里克说,"如果这样的话,你就打不中另外两个球了,因为它们在相反的位置。"

"我想把三号球打进右下角袋。"将军说道。

埃里克用眼角瞥了他一眼。"这不可能的……"他犹豫着说,"红色的——我是说三号球,在二号球相反的方向。你必须先打二号球，因为这是最小的球号。"

"除非你打算破坏规则。"盖伊说。

将军忧郁地绕着球桌踱步。

"这不是我想从你这儿听到的建议。"他对盖伊说，"创新思考不该是你的强项。"

"但这正是你打算做的，不是么吗？"

"我可以这样做，"将军说，"但我不需要。"

"假如你需要呢？"盖伊问。

"你指违反规则？"将军问。

"是的。"盖伊回答。

"这要看情况。"将军说，"有一些规则可以被打破，但有些不可以。某些情况下，破坏规则不利于你实现目标，而另一些情况下则不然。有些规则是真实存在的，有些规则只存在于你的头脑中。为了知道能不能打破规则，你首先需要做好功课。你会违反这个规则吗？"

盖伊想了一会。"我可以吗？"他最后问。

将军短促一笑，听起来更像是咳嗽。"是的，正如我所想。当你想要忽略一条规则时，你希望能先得到许可。"

他靠近盖伊，直视他的双眼。

"先看看你要打破的是什么，然后自己决定。"他说，"大部分规则其实只是你为了自保而设置的。打破这类规则是勇敢的，而打破其他规则只是懒惰所致。"

他举起球杆，用双手用力地往下击打，把棍子的较粗部分敲到了母球上。球飞到空中，落下时击中了二号球，二号球弹回相反的方向，命中三号球，把它撞进右下袋里。

"漂亮，"将军接着说，"艾米丽，你应该知道下一步是什么了。"

"二号球进左上角袋。"艾米丽用平淡的声音回答。

"哦，别激动。"将军说着，把球杆以一个正确的角度放在球桌上。

"这很容易。"艾米丽说。

"你是指？"

"我是指，在我回答错前两个问题后，你给了我一个简单的问题，这样我会感觉舒服点。所以谢谢你，虽然事实很明显了。"

"因为这个问题简单，所以理所当然没那么重要，是不是？"将军问。

"对我来说是这样的。"艾米丽说。

"那对于二号球呢？"将军问。

艾米丽把手放进口袋里。"什么意思？"

"我的意思是，恕我直言，如果你对所执行巧合的评价，只是建立在它们的挑战程度和是否让你自我感觉良好的基础上，你会忘记，最重要的是你为其他人的生活所创造的变化，你会分不清什么是必要的，而什么则不必要。人们会因为你们的巧合制造而陷入爱河，会怀着同样的激情，同样感觉是命中注定，无论你们花五分钟还是六个月制造了巧合。"

他迅速移动球杆。二号球进了左上角口袋里。

将军直立起身,环顾四周,脸上浮现出似笑非笑的表情。

桌上还剩下两个球。其中一个是白球。

"现在会发生什么?"

"九号球进最右边角袋。"艾米丽说。

"最左边。"盖伊说。

"它会撞到台边,飞到右下角。"埃里克说。

将军在球桌上俯身,用球杆瞄准。

"现在要发生的,"他说,"是吧台的那对夫妻会亲吻对方。"

他们看向吧台的方向,看到这对夫妻的头慢慢地靠近对方,迟疑不决。此刻传来两球撞击的声音,而这对夫妻开始亲吻。

将军站在球桌后,手里竖拿着球杆。桌上只剩下一个白球。

"也许这才是最重要的,"当他们再次转向将军时,他说,"总是有更广阔的天地,总有一些东西存在于你所关注的体系之外。永远不要忘记这点。所谓界限,并不明确。生活不会受限于球桌的边界,落球袋也不止六个。天外有天,一直如此。"

艾米丽想提个问题,但想了想还是作罢。以后还有时间。

"最后一个问题,"将军问,"九号球最后落进哪里了?"

没人说话,因为没人留意到这点。

"把你们第一次也是最后一次失败记下来,"将军说着,把球杆放在桌上。"如果你尊重大局,你就不会看了整个比赛却错过最后一球。现在开始,习惯这一切。你需要注意的事情远超预期。"

摘自《定义巧合制造的目标》
——绪论

FROM *METHODS IN DEFINING GOALS FOR COINCIDENCE MAKING* — INTRODUCTION

即使仅着眼于过去的五百年,我们也不能在这个简短的绪论中完全总结幸福科学领域的发展。尽管如此,我们仍将尽力强调几个关键点。你会在附录的参考书目中找到更多评述。我们特别推荐《幸福模型的发展——第一个千年》《幸福模型的发展——最近一千年》《幸福理论入门》,作者均为理论家约翰·库奇。

尝试建立单一公式来体现幸福主要特征是测绘幸福的古典时期的标志。

例如,根据范腾的说法,幸福永远是个人幸福潜力和个人所求与现实之间差异的比值。

$$H=p/(w-h)$$

其中,H代表总体的幸福水平,p为个人幸福潜力(一些专业文献中称之为php),w代表欲望,h代表已有的。

范腾认为,个人的最大幸福水平取决于其幸福潜力,而欲望与已有之间的差异越小,总体幸福程度就越大。因此,实现幸福最大化主要有两种方式:降低w(定义为"降低期望值"或"低期望")或提升 h（根据学派的不同可定义为"抱负"或"运气"）。

范腾模式的核心问题

范畴问题：公式未包括一个人心想事成的乌托邦式情形，也未包括可能带来无限幸福的其他途径。

负幸福问题：一个人所拥有的多于他想要的情况被定义为负幸福，这种情况的问题尤为严重。

自我影响问题：对范腾公式最有力的反驳是穆里尔·法布里克提出的，她在著作《嵌入或然》中证明，如果 p 确实存在的话，它本身一定会受到 w 和 h 的影响，这使得范腾的公式与现有工具呈现非线性和不可解的关系。

法布里克公式

法布里克也成功地证明，w 和 h 的标准测量单位是不可能确定的，有时甚至同一个人也会使用不同的测量单位。尽管如此，她的大多数批评者认为，她提出的公式是范腾公式的变体。首先，法布里克提出了一个将幸福作为相对目标的公式，只与其他因素进行相对测量——这种因素通常是别人的幸福。然而，在她生命的最后阶段，她提出了一个新的公式，把幸福描述为快乐或个人满足乘以意义（或相对意义的错觉）的平方。

$$H=pm^2$$

这一公式为人们超越简单得失去衡量幸福奠定了基础，强调了幸福感的主观本质。

乔治·乔治的不确定性原理

冰岛理论家乔治·乔治认为，当人们观测范腾公式中的经典特征时，不可能从质量或者体积的角度去衡量它们而不对其产生影响。事实上，不改变幸福就无法衡量幸福，无论是范腾定义的一维幸福，还是法布里克定义的多维幸福。

乔治·乔治所指出的问题，至今仍然被著名学者定义为"乔治的不确定性原理"，各类文献有时也称其为"自我分析问题"。

后现代幸福方法

幸福科学的危机越来越严重，这一领域几乎进入一个死胡同，此时乔纳森·菲克斯提出，一代又一代的学者所提出的公式检验的都只是"满意"而不是"幸福"。鉴于这种说法影响深远，研究人员需要重新定义他们试图量化的幸福的本质。

在此基础上，后现代主义方法蓬勃发展。该方法试图撇清与经典理论针对定义问题所提解决方案的关系。保罗·麦克阿瑟把幸福定义为"只是人们确定自己拥有的东西，仅此而已"，从而为这种方法奠定了基础。

和其他领域一样，对幸福的定义，历经古典定义到现代定义再到后现代定义的转变，对世界各地巧合制造师的操作方法产生了决定性的影响。

12

一个人骑着自行车迅速地从盖伊身旁经过,车轮轻轻地呼呼作响。他突然明白过来。

你是一个巧合制造师啊,那你在等什么呢?

你是等着有人刚好在约定的时间按门铃?或者一辆豪车停在你的旁边打开车窗?或者一架直升机经过,扔下一纸声明?

不,这些都太明显了。

你理应注意到那些细微差别,看到事物间微弱的联系。如果这个信封是分配给你的,那就意味着在指定的时间,应该有一些东西,只有像你一样经过训练的人才能看到。

"我希望自己能胜任工作。"在此之前的另一种人生里,他对卡桑德拉这样说过。

"如果不能呢?"

他沉默了一会,说:"那会很令人失望的。"

"我想,你其实是会满足于让自己失望的,"她平静地说,"因为这会进一步支撑你已经得出的结论。它会加强你对自己的负面看法。你没有全力以赴,然后又为此对自己怒不可遏。"

他没有回答。不知道当另一个人比你更懂自己时,是不是可以因此而恼怒。

"懒骨头。"她亲昵地说道,让他徜徉在温暖中。

他抬起头,开始用巧合制造师的眼睛观察这条街道。带着牙箍的女孩边走路边紧盯iPhone,马上要撞到那个梳着一头脏辫的年轻人身上;在公交车站打瞌睡的老太太即将错过她在等的车;理发师站在店门口看着人来人往,却忘了店里的水龙头还开着……

街对面的大楼开了五扇窗。其中一扇窗前,一个人正俯瞰着街道。

一支半熄的香烟被扔到人行道边。

一辆车经过,油门发出不那么顺畅的声音。

然后,一切就这样发生了。

正是在指定的时刻,就在那一秒,他看到了。就好像他脑中的一台照相机按下了快门,抓拍了一张街道的全景。

那个年轻女子想挂到橱窗里的牌子还没有挂上去,而是放在她身边,上面的箭头指向右边。

在十字路口,警察举着胳膊,也指向同一个方向。那个留辫子的年轻人失去了平衡,挣扎中抬起的手臂指向东面。

理发师也朝右边看去,正是那支半燃的香烟掉到人行道上所指的方向。

上方,高高的空中,一群鸟儿正朝着完全一致的方向组成了箭头状的队形移动。

他转身跑了起来。

现在该怎么办?

现在该怎么办?

盖伊沿着街道飞奔,寻找下一条线索。

现在他该去哪里?

从什么时候开始这样布置任务了?

他继续跑,然后看到一辆出租车停在街道的尽头。门开了,从车里下来一名衣着考究的高个女子,戴着一对精致的耳环,一看就价格不菲。是的,他就此决定,时机正好。

三步、两步、一步。

赶在那个女人关上车门的一刹那,他钻入车里。

"快开车!"他对司机吼道。

司机迟疑地向他转过身来。"呃,去哪里?"

盖伊的眼睛四处扫视。他看见一辆蓝色轿车从右边的停车点开出来,于是马上指着那辆车:"跟着那辆车!"

司机看了他一眼,转身面向方向盘。

"这话可不常听到。"他说。

"快开车!"

他们紧跟蓝色轿车,开了将近一刻钟,直到盖伊注意到他们旁边的车道上出现了三辆公交车,车身上都有同样的广告:"改变的时候到了。樱桃口味低糖冰茶。"

"改变的时候到了。"他小声咕哝了一句。"现在,"他指着左边车道上的一辆红色三菱对司机说,"现在开始跟着那辆车。"

"你说了算。"司机耸了耸肩。

几分钟后,红色汽车停在一个可以看到大海的小瞭望台上。司机下了车,慢慢地走上梯道,站在护栏旁点燃了一支香烟。

盖伊快速付钱给出租车司机。司机看着他,仍充满好奇:"我能等着看看你接下来做什么吗?"

"不能,把车开走吧。"

司机叹了口气,有点失望:"好吧,祝你一切顺利,兄弟。"

"你也是。"

瞭望台上吹来一阵舒服的晨风。

护栏旁站着两个人。红色三菱的司机抽着烟看着风景,另外有一个又高又瘦的男人,留着细细的小胡子,正戴着耳机听音乐,轻轻地哼唱着。

盖伊走到吸烟的男人旁边,清了清嗓子。

吸烟的男人又吸了一口,瞥了他一眼。

盖伊看回去。

吸烟的男人退缩了一下,马上又再盯住盖伊。

盖伊继续看着他,耐心地等待着。

两人相互注视。

吸烟的男人疑惑地歪了下头。

盖伊报之以微笑。

"怎么了?"吸烟的男人终于忍不住问。

"我是盖伊。"盖伊说。

吸烟的男人沉默了几秒,然后把烟扔到地上,用鞋跟踩了踩。

"是吗?"他问。

"是的。"盖伊回答。

对方看了他最后一眼,转身走向自己的车,咕哝着:"这个世界上疯子还真不少。"他上了车,开走了。

在他身后,盖伊听到那个高个儿小胡子问:"你是怎么回事?大家来这里呆几分钟,就是为了清净一下。你能不能不打扰他们?"

盖伊刚想道歉,但把话头截住。

他直直地盯着小胡子男人的眼睛,问:"那你介不介意,我给你来个当头一棒?"

小胡子男人转向他。

然后胡子下面嘴角微扬,泛出笑意。

13

皮埃尔介绍自己是五级巧合制造师。

盖伊立刻明白了。皮埃尔是所谓的"黑帽"——负责那些特别复杂的巧合，会造成广泛的影响。黑帽所安排的巧合乍看起来似乎很可怕，但其中却包含着其他巧合和必要结果的种子。他们处理疾病、悲剧、可怕的事故，以及几十年后人们才能理解，认为它们让世界变得更美好的事件——即便如此，人们也并不总是能理解。

"黑帽"令人钦佩，但他们总是孤身一人。他们的工作必须完美无缺，精密的程度只有那些负责改变全人类历史的六级巧合制造师才能媲美。再说了，谁想和一个只能在遥远的将来才能体现其工作积极意义的人做朋友呢？他们之所以被称为"黑帽"，不仅是因为他们不知不觉地在无形中成功操纵了现实，而是因为他们的工作就是如此的黑暗。没有人想引起悲剧，即使有正当的理由也不行。

两人坐在离瞭望台不远处的一家小咖啡馆里。

皮埃尔又高又瘦，有着如同工程师设计出来一般棱角分明的下巴和鼻子，一撮每当微笑或说话时都会微微抖动的小胡子，装饰着他那薄薄的上唇。他身穿黑色西装，袖扣形状是盖伊不认识的外国字母，脚上穿着黑色的袜子，还有一双价值五百美元的鞋子。

皮埃尔是个绅士，或者他希望自己看起来像个绅士。这其实是一回事，盖伊提醒自己。

"你知道最美妙的一点是什么吗？"卡桑德拉曾经问他。

"是什么？"他反问。

"就是我不知道你真实的样子，而你也并不知道我真实的样子。"她捋了下自己的裙子。

"你是指什么？"

"我们的外貌、声音和味道，都是我的女孩和你的男孩想象出来的。即便我在街上看见你，只要你是被别人想象出来的，我就认不出来。"

"因为在他们的想象里，我们会有所不同？"

"是的。"她说。"我有点渴了。"她又说。他很快吸了口气，一杯冰果汁出现在她手里，她喝了起来。

他想了想。"我想无论你在哪里，我都能认出你。我能认出你的眼神，你的笑声。有些事情是不会改变的。"

"我对此表示怀疑，"她沉吟着说，"但无论如何，我都觉得这样很美妙。"

"我们都不是自己的本来面目？"

"也不确切。我是指,我们并不受限于自己的外表。"

"我倒是从来没这么想过。"

"我始终觉得,自己是被他们的想象禁锢了。做这行做了足够久,你就分不清楚,你究竟是你自己,还是他们想要你成为的人。我差点失去自我。如果没有人愿意看到现实中的我,那是不是因为我真的不值得被看到?"

"毫无疑问你值得。"他说。

"我们在内心里默默承受自己的外表,多于我们对外展现我们的内在。不是吗?"她问道,"这几乎也发生在我身上。"

"然后发生了什么?"

"我遇到了你,"她说,"我得到了救赎。"

他陷入沉默,带着些微尴尬。

"我们需要你。"皮埃尔说。

"我?"盖伊问。

"你觉得这里还有其他人吗?"皮埃尔反问,"是的,我指的是你。"

"我觉得我还不够让你需要的那个等级。"盖伊说。

"没错,"皮埃尔点头,"但我只需要你帮我处理巧合中特定的一部分,我也得到了特批,可以用一名二级巧合制造师来帮我实现任务。"

这很正常。像盖伊这样的巧合制造师不应该接触像皮埃尔这个等级才能处理的材料。也就是说,他甚至都不应该理解这个任务的范畴。

盖伊付出几周努力完成的任务在一个五级巧合中很可能就只是一个细节。盖伊在整面墙壁上计划的巧合,可能只是皮埃尔的笔记本里薄薄的一页。当你习惯了从远处观测现实,旁观者清,一切就是如此。所有的事情相互连接,大事也是小事。

盖伊明白,这并不是第一次自己所制造的巧合只是更大的任务中的一部分。每当一个巧合没有清晰定义的目标或者正当理由时,这种巧合就可能是从另一份工作中外包出来的。盖伊从来都不知道自己的任务是不是隶属于更宏观的任务,但他偶尔会有这种想法。毕竟,为什么他会收到一个信封,让他安排某个特定的人穿一件蓝色衬衫在一个特定的时间过街?

但直接来自五级巧合制造师的指令对于盖伊而言还是相当奇怪。他觉得自己不适合这样的合作,他都不确定自己到了五级还想不想干活。

"听我说,"他对皮埃尔说,"你确定你想要像我这样的人吗?我最近才完成了我的第二百五十次巧合……"

"我知道。"

"即便你需要的是一个二级任务,但我确信你可以找到比我更优秀、更有经验的巧合制造师……"

"没错。"

"我倒没有那么差……"

"你不差。"

"但也许，像这种事……"

"听着，"皮埃尔向他靠过去，"在你一边困惑地想告诉我你不适合这个工作，一边又不想把自己称作失败者之前，也许你应该听听我要说的话。"

"什么?"盖伊问。

皮埃尔微笑着向后靠去："我们可以叫它，《阿尔伯托·布朗的故事》。"

⑭

阿尔伯托·布朗出生在一个异常多雨的星期二，经历了长达三十五个小时的难产才来到世间。他没有哭，医生在他屁股上打了四次，他才屈尊采取了哭泣这种婴儿特有的沟通方法。听到哭声以后，医生才敢告诉他母亲，她生了个健康的男孩。

阿尔伯托是个大胖小子。体重十磅，是个让人咋舌的小可爱，出生才几个小时他就有了另一项非凡的能力，可以扬起一边眉毛，现出一副忧心忡忡的神色。阿尔伯托这个名字是他的父亲取的，这并不是出于纪念某位祖父或者叔叔这类的考虑，而只是纯粹因为他喜欢这个名字。也许这让他想起了一部看过的电影。阿尔伯托的母亲起初聊表反对，但最终还是接受了。孩子出生后不到两个月，她的丈夫就失踪了，留下了一笔可观的债务、一个旧烟斗和一个她不懂名字所为何来的孩子。

她考虑过给孩子改名，但又觉得这个名字已经印刻进她热爱的这张小脸。同时，她也相信命运，害怕因为改名而使儿子走上一条陌生而卑微的人生道路。也许，如果早早知道等待他的是这样的未来，她会毫不犹豫地把名字改了。

几年过去了，阿尔伯托在长大。

这个"长大",是真的"大"。

他两岁的时候,大家都以为他有四岁了。

他五岁的时候,看上去有八岁那么大了。

他个头很大,而且异乎寻常地强壮。

他是个文静而内向的男孩,甚至可以说有点漠然。有时候真说不清楚,这种平静的举止到底是因为他足够强壮,那些偶尔挑战他的孩子们打扰不了他,还是因为他总是陷入沉思,以至于根本没有注意到那些孩子的存在。

上幼儿园的时候,阿尔伯托第一次遭遇暴力。

当然,他并没有正面冲突。暴力就在那里,看到他,向他疾冲而来。它化身为一个名叫"本"的大孩子。他担心阿尔伯托这个新来的孩子会夺走他以前那种支配性的地位。阿尔伯托和其他孩子相处得很好,对每个人都很温柔而且富有同情心,但这些并没有打动本。在他眼里,阿尔伯托是敌人。本会推搡孩子,有时候会咬他们,特别极端的时候还会用自己的三轮车把他们撞倒。他不接受拒绝,即使这拒绝来自现实本身。

他认为阿尔伯托就属于"极端的情况",并且对幼儿园的脆弱等级制度构成了巨大的威胁,于是他骑上三轮车,发出一声战斗的怒吼,冲向阿尔伯托。阿尔伯托转过头,看着那个男孩快速逼近,知道自己的身体能承受这次撞击,甚至不会有丝毫移动,但尽管如此,也会痛的。他感到恐惧和一丝焦虑,心里清楚自己并不想被三轮车撞到。

就在这个念头在脑海中闪过的一刹那，本的三轮车前轮突然脱落，整辆车偏离路径，绕过阿尔伯托，撞上了他身后的墙。

本手臂骨折，膝盖扭伤，养了两个月才回到幼儿园。而回来以后，他对阿尔伯托非常友好。

进入高中以后，阿尔伯托同样受到了大家的欢迎。女孩们喜欢他惊人的体格和单纯的微笑，男孩们崇拜他，这是对待那些令人心生害怕却并不真的威胁他们的人的典型做法。高中时代，围着阿尔伯托的少年们只有一个愿望，就是有人会蠢到试图去揍他。

哇，那会发生什么呢？那太棒了，不是吗？

私底下，他们讨论阿尔伯托会怎样用一只手拧断别人的脖子，或者轻巧地用拇指和小指捏住别人的喉咙，然后手腕一转，把喉咙撕开。他们太渴望看到这样的事发生了。

他连一只苍蝇都没伤害过，但很明显，只要他愿意，他就能做到。每次他们悄悄地想在阿尔伯托和新来的学生间挑起争执，哪怕是小小的、片刻的争执，都能暴露出这位友善的巨人的真正实力。但很快阿尔伯托就已经成为新同学的好朋友之一，或者这个学生自己足够机灵，意识到招惹阿尔伯托是不明智的。

因此可以理解，学生们有多么激动地看到，阿尔伯托正在图书馆的时候，米格尔走了进来。阿尔伯托喜欢泡图书馆，在那花了不少时间。所以，相当数量的迷妹和迷弟们都聚集在周围，希望能有人来挑衅他。

米格尔在他待过的每一所学校里都是个问题学生，而且他待过的学校可不少,多到可以写一篇简短的地区学校指南,包括三个不同的地区——如果他能写得出来,而且愿意拿纸来创作而不是卷烟的话。直到成年后的米格尔三次因持械抢劫而被捕的时候,学校才醒过味儿来,米格尔真的是精神有问题。

米格尔的第一个问题是,他非常喜欢跑车和劣质酒。这两件事里的任何一件都是麻烦,而劣质伏特加和疯狂飙车的结合更是麻烦中的麻烦,因为它让米格尔忘记了最基本的规则:不要被抓。那个逮捕他的警察一本正经,忠于职守。当米格尔清醒过来,意识到发生了什么事以后,他诅咒了自己的坏运气。

就这样,没了车,没了驾照,而且发现最喜欢闲逛的地方成了建筑工地,他那天只好去上学,而且怒火中烧。

那个后来成为监狱里黑帮头目的年轻人当然无心向学。他得找个地方坐下来,准备向这个世界发威。图书馆是理想之地。在那里,他可以毁掉很多东西,而且有很多安静、无辜的学生可以进行口头骚扰或者身体欺凌。米格尔不经常来学校,因此不知道阿尔伯托的存在。对米格尔来说,在图书馆无所事事地坐上一刻钟,是他能忍受的最大极限。在他这儿可没有存在主义什么事儿。为了吸引一点注意力,他别无选择,只好决定重新整理图书馆里的书,所依据的索引体系名叫"扔地上"。

"普及知识!"他大喊,"普及知识!"然后动手稀里哗啦狂扫一通,对着被砸到地上的书手舞足蹈,活像一个跳舞的印第安人。

大概有三十名学生震惊地盯着他,先是厌恶,最后却生出极大的希望。这个人疯得彻底，甚至可能醉得彻底，让他有了做阿尔伯托对手的潜力。

甚至图书馆管理员看到了这一幕，内心也升起一丝希望。

他们耐心地坐等阿尔伯托的注意。

米格尔在两排书架之间过道上的一堆书上跳来跳去的时候，阿尔伯托抬起了头。米格尔从兜里掏出一个打火机。阿尔伯托环视四周，看到大家都一动不动地盯着这个场景。他把这种紧张的注视误解为一种震惊，向米格尔高呼了一声："嘿！"

一股无形的兴奋浪潮席卷人群。

阿尔伯托从桌边站起身，走向米格尔："你在干什么？"

米格尔转向他。"哦！"他喊了出来，"泰迪熊在这里！你好啊，泰迪熊！"

"我想，"阿尔伯托说，"你应该离开这里，找个别的地方坐下来，冷静一下。"

米格尔冷笑着看着他："你就是这么想的？"

"是的，"阿尔伯托说，"你正在损坏图书馆的财物。出去。"

"我？图书馆的财物？"米格尔假装无辜，"你是说这个？"他跳到书堆上，践踏着图书。

"是的，"阿尔伯托仍旧平静地说，"立刻出去。"

"是谁准备赶我走呢？你？泰迪熊？"

当阿尔伯托说出"是的，如有必要，我会这么做"的时候，在场的三十名学生和一名图书管理员的内心都充满了隐秘的喜悦。

一个长满粉刺的男孩坐在边上,抬眼望着天花板,默念:"感谢上帝。"

米格尔从书堆上跳下来,双臂搭在两旁的书架上。

"你,"他带着醉鬼特有的平静神色说,"看上去又高又壮,但你就是一坨屎,是个白痴,胆子小得跟豌豆一样。也许你应该在有人受伤之前先跑出去。"

"我不想用暴力解决问题……"阿尔伯托开口道。

"当然不,"米格尔带着邪恶的微笑,"我才是为了这个。"他从口袋里掏出一把弹簧刀,"咔"的一声打开,像击剑高手一样朝阿尔伯托亮了亮。"来吧,泰迪熊。"他说。

"我最后说一遍,"阿尔伯托说,"不要惹麻烦。出去。"

米格尔的最后一丝理智绷断了。"来吧,你这个该死的怪物!"他尖叫起来,"好好守着你的宝贝书吧!"他用拳头猛击旁边的书架。

这已经足够了。

一开始,是轻微刮擦声。然后又是一声。紧接着,书架伴随着雷鸣般的响声倒了。

短暂的沉默后,正对着米格尔的书架也倒了下来,把未来的黑帮头目埋在一堆六英尺高的书堆下面。

阿尔伯托回到他桌边的座位。旁边长着粉刺的男生努力克服了想要尖叫的冲动。

阿尔伯托再长大一些之后才被真正危险的人物盯上。他在家附近一家餐馆当服务员,领取了有生以来的第一张支票,决定存进银行。当他走向柜员,把支票放在她面前时,一个蒙面人冲进银行,挥舞着一把手枪。

"所有人都趴下!"他大喊,"所有人都给我趴下,马上!"其他顾客,包括两个年纪稍长的妇女、一个粉红色头发的少女和一个面容憔悴的年轻男人,都慌忙扑倒在地板上,尖叫声宛如电影中熟悉的场面。

劫匪继续按计划行事,大声嘶喊:"闭嘴!我说闭嘴!该死的!"他对柜台后的两个柜员挥舞手枪,想命令他们立即举起手来,然后看到居然有人还站立着。

阿尔伯托严肃地看着他。

"你为什么要这样做?"他平静地问。

"趴下!"劫匪尖叫起来,"我要打爆你的头,连你妈都认不出你来!"

"你可以回头的。"阿尔伯托比划着对他说,"抢劫银行的刑期很长。趁还没造成损失,你可以离开这里,回归正常生活。没有人知道你是谁。"

"趴下!趴到地上!立刻!"劫匪尖叫着,他的眼睛透过头上令人发痒的丝袜凸出来,"别充英雄!你以为自己是心理学家吗!"

"你不会朝我开枪的,"阿尔伯托说,"因为你并不是想杀人,对吗?"

"我当然是!我就是!"他举起手枪瞄准阿尔伯托的头。

"把枪给我,"阿尔伯托说,"让我们结束这一切。"

"你这个婊子养的蠢货!"劫匪喊道。他打爆过五个人的头,连眼睛都没有眨一下,再多打爆一个对他来说没什么大不了的。"我们确实会结束这一切!就现在!"他说着,扣动了扳机。

后来从阿尔伯托和银行其他人那里录口供的警察说,这是一种非常罕见的技术故障。

"手枪的末端爆炸了,"警察解释道,"子弹不知怎么卡住了,没有向前推进。因此,末端吸收了子弹爆炸的全部能量,手枪内部的推力被困在这么一个小范围内,所有东西都向后飞去。"

"真有意思。"阿尔伯托说。

"是的,"警察说,"我从没见过这样的事,对此只有理论上的了解。但很明显这个人运气不好。"他看着劫匪。他不再需要袜子来遮脸了。现在谁也认不出他来了。

两个月后,两个穿着廉价西装、一脸严肃的男人敲开了阿尔伯托和他母亲家的门。

"你是阿尔伯托·布朗?"其中一个问。

"是的。"阿尔伯托回答,身上还穿着睡衣。

"请跟我们来。"另一个人说。

"去哪儿?"阿尔伯托问。

"里卡多先生想要和你谈谈。"第一个男人接着说。

阿尔伯托思索了一会,问:"谁是里卡多先生?"

两个人似乎有点困惑。他们不习惯和连里卡多先生是谁都不知道的人打交道。

"呃。"其中一个开口了。

"里卡多先生是一位你不会想要拒绝他召唤的人。"另一个人说着,对自己的说辞很满意。

"我有点忙。"阿尔伯托说。

"尽管如此你还是要去。"第二个人接着说。

"稍等。"阿尔伯托回了一句,关上了门。

两个目瞪口呆的人在门后面等着,听到阿尔伯托叫他的母亲:"妈妈,你知道里卡多先生是谁吗?"他们看不见他母亲恐惧地瞪大双眼的样子,但他们可以听到门后有低声的交谈。正当两人等得不耐烦,决定一脚踹开大门,用武力抓走这个叫阿尔伯托的白痴时,门开了。阿尔伯托站在门口,这次穿上了衣服。

"难道你就不能直接说是'黑手党'吗?"他问。

两个喽啰面面相觑。"你不应该用这么露骨的词汇。"他们心里想。黑手党是警察、编剧和调酒师那些吹牛皮的家伙才用的词。我们是"做生意"的。

"好吧,那我们走吧。"阿尔伯托说,"但纯粹是因为我妈妈说我必须去。"

里卡多先生坐在桌子的一头。阿尔伯托面对着他坐在另一头,中间隔了大概十二英尺。

"谢谢你来。"里卡多说。

"很明显我不能说'不'。"阿尔伯托耸了耸肩。

"你永远可以说'不',"里卡多说,"但人们通常不愿意承受相应的后果。"

"我想好像有点误会。"阿尔伯托说。

"误会这个词太宽泛了。"里卡多说,"能不能解释一下?"

"我不应该来这儿。"阿尔伯托说。

"是吗?"

"我跟你的那些事儿没什么关系。"

"那你为什么会来?"

"我妈妈让我来的。"

"啊,尊重父母的意见。这非常重要。"

"毫无疑问。"

"我的儿子乔尼就对父母非常尊敬。"

"哦。"

"他总是亲吻我的手,在我身边不会讲脏话,也不会把明知我肯定接受不了的姑娘带回家。他对我总是尊敬有加。"

"你一定深以他为荣。"

里卡多挥了下手,仿佛在驱赶一只挑衅的苍蝇,或者说想把空中一团无意义的话语挥去。"他是一个只知道用蛮力的白痴。不优雅,也没创意,总是惹事。我保释他的次数简直数不清,后来我也不去数了。涉毒、嫖娼、抢劫。有一次,他劫了一家酒铺,然后去麦当劳吃东西,把沾有指纹的手枪落在那儿,就放在吃剩的薯条旁边。十足的白痴。'你怎么不自己给窗户装上铁栏杆呢?'我问他。但无论如何,他是我的儿子。"

"没错。"

"这么说可能也不完全准确。我当他是我的儿子,尽管他的基因里带着那股蠢劲儿。"

"但当然了,你仍然爱他。"

"当然,毫无疑问。至少是某种程度的爱。他死的时候我的心都碎了。"

"我很遗憾。是怎么发生的?"

"那个混蛋想抢银行。这次他选了个不错的地方,但有个傻子想阻止他,最后他把自己打死了。"

虽然颇费了一些时间,但里卡多冰冷的目光最终越过长长的桌子落在阿尔伯托身上,终于让他明白了始末。

"据我所知,"阿尔伯托说,"那是非常罕见的技术故障。"

"是的,或许吧,"里卡多说,"但不管怎样,你知道的,我忍不住想,如果那个自作聪明的傻子不在那儿充英雄的话……"

"对你儿子的死,我由衷地感到遗憾。"阿尔伯托说。

"我确信这点。"

"但这和我没有关系。"

"我不这么认为。"

阿尔伯托不安地在椅子上挪动了一下身子。

里卡多仍然面无表情。

"从我的观点来看——我的观点,"里卡多说,"你应该对我儿子的死负责。"

"我……"

"这令我难过。我真的不喜欢把生意之外的人卷进来。"

"你说什么?"

"但当我说我不能就这样放过时,你一定会理解的。"里卡多说着,挠了挠他灰色的太阳穴。

"你想要做什么?"

"对你?不做什么,我的朋友。什么也不做。但在我看来,既然你从我身边带走了我的儿子,那么我也要从你身边带走母亲。"

阿尔伯托感到心跳如狂。

"我……"

"我的两个伙计现在就在你母亲家里。如果我接下来的十分钟不打电话给他们的话,我们就扯平了。就这么简单。"

"这不公平。"

"生活就是如此啊,"里卡多紧抿着嘴,仿佛在沉思。然后他又说:"但也许,我们能用另一种方法来解决这个问题。"

"什么方法?"

"我有一个朋友。很好的朋友。正因为太好了,所以变成好的对手。你知道的,一个人到了我这个位置,不断壮大力量,就无法避免一种情况:这世界上有些人会和他势均力敌,从而成为对头。就好像阴与阳,黑与白,汉塞尔和格莱特[1]。你可以叫他们同行,也可以称他们为对头。不过不管怎么说,他们都很强。强到我们可以一边一起吃饭,一边彼此攻击。这不是私人恩怨,只是这个行业的生存之道。你听没听说过古斯塔沃先生?"

"没有。"

"没事,这也是常有的。总而言之,古斯塔沃先生是唯一会妨碍到我生意扩张的人。并不是说我还缺什么。我承认,我过得很好,生意也不赖。但人总想要更多。你知道的,这是人的天性。我们总想要更多——不,我们总需要更多。这是我们生存的动力之一。我们想摸天摘星。我们追求永恒,尽管永远也达不到。也许这就是完美主义吧。人类所有的努力都是为了追求永恒,我的朋友。就拿我来说吧,我非常非常想看到古斯塔沃先生去死。这对我非常有好处。"

"好处?"

"是的,好处。这将让我能去做目前我难以出手的事,而目前囿于界线和承诺,我很难做到。想进一步拓展生意,我就需要古斯塔沃先生变成'死'的状态。但你知道的,我不能亲手杀了他。这太危险了。事关荣誉和体面。如果他的死跟我有关,那么将会爆发一场世界大战。这会非常不愉快、不光彩。正常人不会这么办的。"

---

[1] 来自《格林童话》,被父亲抛弃在森林里相依为命的兄妹。

"我理解。"

"很高兴听到你这么说。因为这正是你的切入点。有这么一个人，和我的家族毫无关系。我们可以安排一场报应。乔尼是个劫匪，你杀了他，现在你是劫匪，要杀古斯塔沃。你会闯进他家杀他。你要让一切看起来像是一次搞砸了的普通抢劫。你想拿什么就拿什么。当然，我会提供那个房子的地图，甚至还有一两个开门密码，还有警卫的具体位置。这真的是小事一桩。如果你不幸被抓住了——当然，我们都极其不希望这样的事发生——没有人能把你和我联系在一起。作为交换，我会走出房间，命令我的人不让任何悲剧降临到你母亲身上。用古斯塔沃换我的乔尼。"

阿尔伯托用一种自婴儿时期就熟稔的方式扬了扬他的右眉毛。"你想让我替你杀人。"他平静地说。

"这个描述方式很粗俗，但是，非常准确。"里卡多表示同意。

"假如我不同意，你会杀了我妈妈。"

"你理解得很对。"

"我有其他选择吗？"

"当然有。正如我说的，你永远可以说'不'。但带来的后果并不是我们想要的。是不是？"

阿尔伯托沉思了一会，说："没错。"

里卡多坚持要求当天夜里就动手。

他说古斯塔沃的房子今晚几乎空无一人，这是一个独一无二的机会。里卡多想马上完成这整桩事情。阿尔伯托后来发现,急躁是许多希望别人去死的人的共同特征。他有一小时的时间来熟悉房屋图纸,两个小时后,他已经前往古斯塔沃家。在他离开之前,里卡多给了他一只袜子,和乔尼去抢劫那天套的正是一双。他说:"这是不是报应?"

阿尔伯托沉默了,不知道自己不回答这样一个反问句会不会激怒对方。

"当然,是洗干净的。"里卡多说。

事情发生在当天夜里两点。阿尔伯托·布朗发现自己头上套着袜子手里拿着枪站在一间卧室里,卧室的主人统领着全国最大的犯罪家族之一,枪则曾属于另一犯罪家族首领的儿子。在他面前,一个脸色苍白的老人躺在床上,呼吸粗重。阿尔伯托应该杀了他。

他很清楚接下来需要什么。声音。

需要足够大声来吵醒他面前的老人,让他坐起来,或许还要尖叫,这样别人就能听到有人抢劫。让每个人都清楚这是一次抢劫是很重要的一环。到那时候,阿尔伯托开枪打死他。

他久久盯着躺在床上的老人,感觉他正在窒息。他不想这么做。

阿尔伯托伸出手,拿起放在房间角落梳妆台上的花瓶。另一只手举起枪,瞄准了那位先生。

正当他准备把花瓶砸向地板时,他听到床的方向传来声响。他转过头,看见古斯塔沃在蠕动。一阵咯咯声后,老人吐出一些奇怪的声音。然后又是一阵咯咯声,老人的双手扭曲,嘴巴大张。阿尔伯托听到那位先生发出一声重重的呼吸。

然后一切陷入沉默。

阿尔伯托专心地听着,但什么也没听到。他把花瓶放回原处,慢慢走近那张床,弯下腰,把耳朵贴近老人的脸,然后一点点凑近,最后才意识到,老人已经没有呼吸了。

他直起身,思索了一会。他伸出手,碰到老人的手。没有反应。他又把手指搭在对方的手腕上寻找脉搏,然后把手指放在他的脖子上。他反复摇了摇老人的身体。

然后他离开了。

里卡多倍感震撼,非常高兴。

"你怎么做到的?"他捧着头,难以置信地摇晃着,"每个人都确信他在睡梦中死于中风。太神奇了。这真是我见过的最利索的手法。"

阿尔伯托平静地问自己能不能走了。

"你还不明白吗?"里卡多告诉他,"你是个不可多得的人才!人才!天赋异禀!太不可思议了!"

"我想我们扯平了。里卡多先生。"

"当然!当然!"里卡多连声说。

"那我想走了。"

"好,好,"里卡多叹了口气,"太可惜了。你知道吗?你可以大有作为。我是指真正的大有作为。无人可比。你这样的杀手能富甲一方的。"

"我不感兴趣。"

"太可惜了。"

"我走了。"阿尔伯托说完就离开了。

两周后,两个男人来到阿尔伯托家门口。这次,里卡多说有真正的生意要谈。阿尔伯托表示对此不感兴趣。

里卡多说,这次不是给他干,而是给他一个朋友干活。

阿尔伯托坚持不为所动。

里卡多说了个数目。

阿尔伯托态度坚决。

里卡多做了一番关于实现潜力和探索机会的长篇大论,甚至引用了爱迪生的名言。

阿尔伯托仍然拒绝。

里卡多说,阿尔伯托上次手里拿的那把手枪,上面留着他的指纹,这把枪现在在他手里——正是乔尼曾用来杀了三个人的手枪。

阿尔伯托沉默了。

里卡多说,要是警察发现了这把枪,那可就太遗憾了。

阿尔伯托仍旧沉默,而里卡多把金额重复了一遍。

三天后,阿尔伯托卧在烂泥里,用全新的狙击步枪瞄准了路口的拐角,一个小型犯罪组织的会计会开车经过此处。阿尔伯托的雇主怀疑这个男人快要向警方告密了，因此必须堵住他的嘴。

阿尔伯托静卧着，等待一辆白色丰田的到来。一辆白色轿车的车头出现在拐角，他的手指正要扣动扳机，一只小兔子突然跳到路上，在不断迫近的车子前僵住了。丰田的司机，一个内心脆弱的狂热素食主义者，猛转方向盘来避开兔子，结果车子失控，撞在一棵大橡树上。

兔子跳到了路的另一边。

阿尔伯托收起狙击步枪离开了。

这样的事情一再发生。

阿尔伯托在一个商人的车底下安装了一枚炸弹。但是商人在往汽车走的路上，从楼梯上摔下来，头部受到致命的一击。阿尔伯托迅速拆除炸弹，一走了之。

一个计划第二天进行突袭的高级警官本来是阿尔伯托的目标。但他用来热鸡块的微波炉突然爆炸了，一块小骨头穿透了这个人的右眼，从后脑勺钻了出去。

阿尔伯托·布朗成了北半球最成功的杀手，但他甚至连苍蝇都没捏死过一只。后来他就习惯了。他只需要做好准备——备好武器，安排陷阱，组织袭击，然后几乎就要执行的时候，他的受害者自己就死了。雇用他的人很高兴，他自己晚上也睡得很踏实。

这对他来说是份完美的工作，不需要任何暴力。

有时他会感到孤独。所以他买了一只仓鼠。

而现在，皮埃尔说，他到这儿来了。

"这儿?"盖伊问。

"是的,"皮埃尔说,"他要去杀某个商人。这件事有点奇怪,因为这次与犯罪无关,更像是私人恩怨。"

"这和你有什么关系呢?"盖伊问。

"你以为,这些年是谁在安排所有这些人死得'恰逢其时'呢?"皮埃尔反问。

"开玩笑吧。"

"当然不是。"皮埃尔说。

"但到底为什么?有什么逻辑?"

"在十五年后,阿尔伯托将是摧毁一个恐怖组织的重要角色。"皮埃尔说,"我们必须正确地开发他,这样他才能做出摧毁恐怖组织的决定。"

"那些人就为了这个死了吗?"

"这正是有意思的部分,"皮埃尔说,"所有阿尔伯托被派去杀的人本来就是要死的。古斯塔沃、那个会计——所有的人。我要创造的巧合是执行谋杀——也就是说,让一些人想致某人于死地,而那人刚好本来就得死。"

"听起来有点复杂。"

"没错,"皮埃尔说,"但我宁可用那样复杂的方式来处理手头的案子。"

"什么意思?"

"他这次要杀死的商人最近并不应该死。"

"这不是你安排的?"

"不。这是真正的暗杀。"皮埃尔说。

"那现在该怎么办?"

皮埃尔伤感地摇了摇头。"如果我们不想打破现在的态势,就需要安排一个巧合来杀死那个人。时机也要恰到好处,这样会看上去和之前一样。我向上级提出了这个问题。我们得到了所有的批准。"

"你想让我……"

"你必须在特定的时间把这个人带到特定的地方才行。"

"为了一个简单的时机任务,你来找我?"

"是的,可以这么说。"

"你为什么不自己做?"

"这个解释起来有点复杂,"皮埃尔说,"但在那时候我需要处理其他事情。"

"但为什么是我呢?"

皮埃尔拂去裤子上看不见的灰尘,眼神故意躲避着盖伊。"你认识这个人,"他说,"你曾经是他的幻想朋友。我想我们可以利用这一点。"

盖伊咽了咽口水,试着漠然一笑。

"是谁?"他问。

"据你所知,他叫迈克尔。"皮埃尔说。

一阵轻微的战栗爬上盖伊的脊背。迈克尔。正因为他,盖伊才遇见了卡桑德拉。

15

那是一个周二。

迈克尔和他的两个绿色玩具士兵在公园里玩,他赋予它们不那么像军人的一些能力——一会让它们在空中滑翔,一会把它们的脑袋插在地里好久。盖伊坐在旁边的长椅上,抱着双臂,双腿交叉,思绪万千。有时候,迈克尔想象盖伊做的唯一事情就是坐在那里。

两个士兵开始互相追逐,盖伊弄不明白是谁在追谁,不过这其实也并不重要。但是当迈克尔开始得意忘形,雄赳赳地大喊着四处乱跑的时候,盖伊叫住了他,让他不要走得太远。

跑得太远的孩子会忘记你的存在。忘记你的存在就意味着你不再存在。

盖伊真的想多坐一会儿。他已经有好几天没有体验到这种存在感了。某种程度上,他这样做是为了自己。

除此之外,他还要看着点迈克尔,确保他不会跑到街上。至少他是这样告诫自己的。

一个女孩和一个女人进入他的视线。

女孩身材娇小,长长的金发几乎垂到腰间;紫色的眼镜,粗粗的镜架,用一根红色的绳子绑在脑后。女人高挑优雅,红发编成了长长的辫子,盘在头顶,如同一顶王冠。她的目光带着温柔的爱意,追随着女孩。

她们坐在对面的长椅上,离他们不远。当然,她们看不见他。

他又看了一眼那个女人。她动作中的某些特质吸引住了他。一个想法在他的脑海中悄悄成型:宽泛地讲,多不容易遇到一个看上去知道自己在做什么的人啊。很多人之所以移动身体,只是为了占据一些空间,或者做一些自以为会带来改变的事情。他们挥手、摇头、焦急地交换双腿。如果运动能发出声音,那么大多数人为了显示自己的存在要发出多大的噪音啊。而她则不同,她更加真实——她坐在长椅上的样子,她把头歪向右边看着小女孩的样子,她穿着红白色的裙子而不加掩饰的样子。为什么其他人不能都这么放松呢?

"我喜欢你的裙子。"他说。

当然,她没有注意到他。但一直以来他并不以为意。他会对别人说话,告诉他们一些事情,和他们分享,即使他们并不是那些想象出他的孩子,即使他们没有机会看到他的样子,也没机会听到他的话。

"我知道,你不知道我在这里,"盖伊说,"但是谁知道呢,也许我的话会以某种神秘的方式影响你。也许不会。这不重要,有时候你需要和一个根本没在听的人说话,这样才不会发疯。"

女孩坐在长椅脚下,和两个穿戴时髦的玩具娃娃玩耍。每隔一段时间，她就把它们举起来，对长椅上的女人说些什么。女人微笑着点点头，回应着。

盖伊想听的话完全可以听到她们在说什么。他们离得足够近。但这又有什么意义呢？

"我是约翰，"他说，"至少现在我是约翰。一个小时以后我可能是弗朗索瓦，可能是成吉思汗，明天我可能是画家莫特克。你也许搞不懂，但这些都是工作需要。因为，除了体现别人的所思所想，我还能是什么呢？我的名字，我的个性，我的欲望——所有的一切都只是为了拯救别人的寂寞。"

"你永远不会明白我在说什么，"他一边说，身体前倾了一点，把自己和正凝视树梢的女王之间的距离缩短了几英寸，而她对此一无所知，"你是如此接近自我。我羡慕像你这样的人。其实我几乎谁都羡慕。你活在自己的生活里，而不是躲在别人为你撰写的角色背后。看见那边那个男孩了吗？当他走近的时候，他只需要对我多点注意力，我就得完全是约翰了。我不能和你说话——或者说对你喋喋不休。我会再次完全属于他。"

"我见过很多普通人，做着和我如出一辙的工作。对他们，我一点不嫉妒。他们还不如我呢。至少我每次只需要戴一个面具，因为只有想象出我的人才能看到我。但他们是每个人的幻想朋友，用每个能看到他们的人提供的面具来掩饰自己，直到有一天他们为每个人所见，却并不真正存在。"

"但你不一样。我看得出来。你就是你自己。像你这样的人太少了。我真希望你能知道自己有多么幸运，多么与众不同，"他从长椅上站起来，把手插进口袋里，盯着地面，走近了一点，"而且你还很漂亮，如果你不介意我这么说的话。"

"在任何情况下，如果你感到孤独，想要想象出一个和你同样孤独的人，我很乐意出现在你面前，对你多一些了解。你知道，作为某个人的想象力的产物，其实并不可怕。你可以这样做。"

他把手从兜里拿出来，放到面前。"嗒哒！"他说。

空中出现了三个小火球，他开始耍了起来。

"这很容易学的，"他边说，边紧盯着球，"首要原则是不要盯着你的手看。你需要紧盯空中的球，而尽量不管怎么接住它们。你也可以同时玩四个球。"——说话间，第四个球出现了——"这都无所谓。当然，玩火算是幻想朋友不错的特殊权利，其他就都是后天技能了。当然了，我不记得自己练习过。不过在你看来，这显然是需要后天练习的。"

他继续耍了一会儿，直到感觉热泪盈眶，不知道是因为火球盘旋上升的微弱烟雾，还是因为别的东西在折磨着他。火球在空中熄灭消失了，他的双手垂到身体两侧。

"就是这样。"他轻轻地说着，尴尬地低下了头。这样自言自语是多么愚蠢啊。他抬起头来。女孩仍然在和她的娃娃们玩耍，在草地上安排着一场宁静的下午茶，美丽的女人坐在长椅上看着他。直直地，看着他。

他一瞬间呆若木鸡。四目相对。

他说服自己，她只不过是碰巧在看他站着的方向罢了。在他准备离开前的一刻，她说："怎么停下来了？还挺好看的。"

他愣了几秒钟，还是说不出话。迈克尔离得有点远。请不要停止想象我，至少现在不要停，盖伊想。

"你……能看到我？"他问。

"啊……"她微笑着点点头，"很明显你也能看到我。"

"这……"

"相当出乎意料，"她说，"你开始跟我说话的时候，我一时不知道该怎么回应。"

"但，为什么……？"

"我是卡桑德拉，"她指了指旁边玩耍的女孩，"这是纳塔莉，我是她想象出来的。"

"这真是……我没想到……"

"是的，我也没想到，"卡桑德拉说，"但看来我们可以看到彼此。"

他们沉默了几秒，然后卡桑德拉问："你们经常来吗？你和你的男孩？"

"不太常来，"他说，"迈克尔一般更愿意在自己的房间里玩。"

"你们要是能多出来走走也挺好的，"她说，"孩子们可以一起玩，我们也可以多聊一会。"

"是的，"他说，"我会尽力说服他。如果我能做到的话。"

"太好了。"她笑了。一阵战栗在他的皮肤下流窜。

这就是他和卡桑德拉的相遇。

"顺便说下,我是约翰。"他说。

"我知道。你刚说过了。"

"是的。"他在迈克尔把他忘到脑后之前说出了这句话,然后消失了。

16

艾米丽仍然躺在床上,盯着窗户投射下的方形光斑慢慢向天花板移动。

她为什么还在躺着呢?

在这个阶段,在床上躺了将近十个小时,她是真的因为觉得沮丧,还是因为沮丧的人都该瞪着眼躺着,她这么做只是为了展示自己的沮丧呢?

下一个阶段是什么?喝酒?站在阳台上一根接一根地抽烟,用疲惫不堪的眼睛盯着城市的屋顶?有时候很难说清楚,我们的一些举动究竟是出于内在需要,还是仅仅是帮助我们定义情绪的作秀?

有多少人是因为真情实感的流露而在婚礼上哭泣、在沮丧时喊叫、笑得前仰后合又或是接吻时捧住伴侣的脸庞?又有多少人只是因为他们觉得需要这样做而已?

她翻了个身,看着床边的钟。如果你开始想这些事,那么你显然已经没事了,她心想。没什么可说的。

来吧,快起床。

洗脸的时候,想到自己昨天晚上的戏剧性表现,她差点笑出来。她痛哭难抑，终于认识到他不想而且以后也不会想要她，双腿无力，自怨自艾地在人行道上瘫作一团，合衣倒在床上长躺不起，甚至觉得明天不会来临。

这很奇怪，她想，我们把某一件事放大成生活中的一切，让自己觉得一旦没有这件事，人生将再无意义。而更奇怪的是，我们很快又能接受全然相反的念头。

她靠在水槽上，喉咙哽咽，泪珠盈睫，颤然欲落。她吞了一口口水，深呼吸了一次。是的，是的，哽咽是真的，她脑海中的一部分仍然在想：这并不是作秀。

事与愿违。她并没有想过形势会变成这样。这样一来，她真的要放弃盖伊了。但现实就是如此。她仿佛身处异处，空气带上了别的色彩，光速都有所不同。她的心脏跳得异乎寻常。从此以后，盖伊再也不属于她了。

不，不，不应该是这样的。

她规划的是成功。诸事本应按设想的方向发展。

不单是指昨晚，而是指总体，她的生活本应该是另一番模样，不是吗？

究竟是什么令她如鲠在喉？是因为她真的要放弃这个男人，还是作为一个控制狂，不能接受计划有变？

也许，抽着烟凝视城市的屋顶也不赖。她看着镜子里的自己，突然渴望有一桶黑色颜料，可以泼在另一个房间的墙上。她想掩盖曾经想在一起的可悲念头，消除一切痕迹，一切，彻底不再做梦。

单是洗把脸还不够。她需要清洗一切。

她洗完澡裹着浴巾走出来,打起点精神来了。这时,她发现一个信封正在门口等着她。

她条件反射般地回到自己的房间,穿上衣服,然后静坐了几分钟,才回到现实中。毕竟,现实世界里,还是有些"事情",需要她去做。

新信封只能说明一件事:她的上一个任务已经完成,会计师已经开始写诗了。

这有点奇怪,因为过去二十四小时内她并没有做什么特别的事。也许她之前的行动终于收到了效果。

她知道,这是一种可行的巧合制造技巧。在这种方法中,不同频率的小事件并不会导致在某一特定时刻发生变化;相反,这些小事件暗流涌动,在不被人察觉的情况下,悄悄产生影响。

他们一般认为这种巧合比其他大多数都质量更高,也更优雅,主要适用于三级巧合制造任务。埃里克每次成功创造这种巧合都会无比骄傲。他称之为"不可追踪",就好像它是通过一条私密而安全的电话线执行的一样。客户很难理解,几十甚至几百次事件是如何潜移默化地改变他的生活的。

但这明显不是她的风格。至少现在不是。

也许她该坐下来分析一下自己做过的事情,以便将来更好地运用这项技术。

她尽量不去想前一天晚上的灾难。

她的图表还在墙上，圆圈、线条，还有一个清单，列着录像机、登山者、幸运饼干……她尽量避免看它们。事情的进展就是这样：她用好几个月计划的巧合，变成了一次悲惨的告白，而她已经放弃的巧合却悄然无声地成了。

现在，是时候打开一个新的信封了。

她坐在床上，展开信封里的纸页，脑子里盘算着下一步该做什么。这正是她现在所需要的：一个明确的新任务，有助于她回归现实；大量的工作，冲刷掉带着盖伊痕迹的一切时光和地方。

这次似乎只是个时机任务。

有人会心脏病发作。她要安排一位医生正好在现场。如果只是这样的话，那可能只是课程中的一次练习而已。但当然，真正的任务总会有一些难题。

任务书上说，他得在飞机上心脏病发作，目的地并不重要。医生必须乘坐同一航班。当然了，她的两个客户最近都没有乘飞机出行的计划，当然也不知道心脏病注定在什么时候发作。

她得组织他俩坐一次飞机。而且更有挑战的是，这位医生害怕坐飞机。能再找个医生吗？不用想就知道，当然不能。

这不是容易的活。

为什么一定要在飞机上呢？

埃里克会说这与戏剧效果有关。如果他们问他,他会说,这一切的目的当然不是为了挽救一个心脏病发作的人。背后另有后果,然后还有后果的后果。按他的说法,这是意识的转变。所有的东西都是为另一位乘客设计的,当那个人亲眼看到病人心脏复苏后,内心会有所感悟。这就是埃里克的观点,然而并没有什么凭据。

埃里克对一切事物都振振有词。为什么要安排一个十五年没见的人就在你谈起他的那一刻走进餐馆?总的来说,为什么要安排一些无关紧要,只是会让人感觉奇怪的巧合呢?他们还在培训期间的某个晚上,埃里克在喝了五杯伏特加后提出了自己的理论。

"让我们假设,"他一边说,一边打着略显夸张的手势,"比如说,这世界上所有的人排成一列长队,就像站在天平上一样。在最左边——也就是那一边——所有的人都发自内心地认为,一切都是巧合,一切都没有深意,也没有必要去寻根问底。生活像是随机掷出的骰子,只不过并没有人去掷出这个骰子。他们认为事情就是这样,可以接受。而另一边的所有人都确信,一切都事出有因,无一例外。有人或者有什么东西在安排着一切,没有什么是随机发生的。"

"站在两个极端的人是世界上最幸福的。无论哪一端都是。你知道为什么吗?因为他们不问为什么。从不。一点也不。问这样的问题没有任何意义,因为他们要么相信没有答案,要么相信有人对答案负责,而且这不关他们的事。但这些人甚至占不到千分之一。大多数人都处于两者之间。不,他们甚至没有固定的立场,一会儿到东,一会儿到西。他们不断倾向于一个方向,然后又转向另一个方向。他们觉得自己有个固定立场,但即便如此,他们还是心有疑虑,却不明白,无论出于什么原因,只有放弃追根究底,他们才会得到幸福。"

"所以才存在无意义的巧合。每次有人遭遇这种巧合,他都会在这架天平上移动一点点。往这边,或往那边。这种变化可以令人难受,像指甲挠黑板发出的声音一样,也可以令人愉快,像来自婴儿的抚摸。这就是我们制造这些巧合的原因:使人们在这种排列上有所移动。因为所有的移动,无论是朝哪一个方向,我们都称之为生活。就是这么回事。最重要的是变化。现在从碗里拿个橄榄给我,看我把橄榄核吐到吧台另一边那个女孩头上。"

艾米丽正沉浸在计算中。这是她第一次接到有两个客户却不是牵线搭桥的双中心任务。她需要设计两条巧合的路径,以便同时引起他们两人想法上的变化。为其中的一个安排商务会谈或家庭聚会,而对另一个人也许是高规格的会议。不管怎样,她都得处理医生的飞机恐惧症。无论如何都得做到。

她把薄薄的小册子摊在床上。其中一本描述了相关情况,一本则是关于"病人"的细节,还有一本关于医生,还有对于可用巧合的限制(没有什么特别的限制,他们甚至可以坐在飞机里的同一片区域,但因为某些原因,他们不能穿同一牌子的鞋),以及该地区和之后一段时间的背景资料……

当她在信封里发现另一页纸的时候，心脏重重地跳了一下。

她以前不是没有看过，但当她注视着它时，她被自己脑海里冒出的一个想法惊到。就那么一秒钟，那么飞速而过的一秒钟，好像一切都与她有关。

在每一个信封里，所有小册子之后，都有一张弃权书。

巧合制造师的个人资料、关于放弃原因的基本说明还有签名处。在任何阶段，巧合制造师都可以选择退出。

通常情况下，她甚至都不会抽出这一页。没人会拿出来。巧合制造师——她就是做这个的，现在这是她的本质——不是那种可以随时不干的职业。没人知道弃权后会发生什么，这也让大家不愿意去签署弃权书。目前只有两位巧合制造师曾经签字退出。艾米丽不知道他们后来发生了什么，在她看来，这从来就不在她的选择范围内。

而此刻，她突然醒悟了。她偷偷看了看躺在床边的那张纸，发现放弃的想法已经在脑海中有一段时间了。现在，今天，它已经强大到足以使她烦恼了。

她用脚把弃权书从床边踢开。

她得去安排一场心脏病发。

几个街区外，一个普普通通的人正沿着街道走着。

普通——这只是他诸多能力中的一项。

他很久之前就认识到了这种能力的强大之处。这个世界上，有多少人竭尽全力，只想要变得与众不同、卓越出众，而要把自己融入人群变得普通，则需要一种真正非凡的能力。首先是坚强的意志力，因为他实际上并非普普通通。

另一方面，他本人也并不很喜欢这样。他喜欢被众星拱月，喜欢站在金字塔的顶端，喜欢呼朋唤友，高朋满座。

他是个丰富多彩的人。至少他自己是这样认为的。

多彩如他，很难假装平凡。他本来有那么多的亮点可展现。

但现在，他只是普通人一个，走在街上，不会吸引任何人的目光。

如果有人问与他擦肩而过的人："你注意到一个身材高大的人在某个时间经过吗？"他们可能会耸耸肩，说："不，没有。我不知道你在说什么。"

如果这个人再问他们："有没有人在杆子上靠了大概一个小时，好像正在等待什么的样子？"他们会回答："我可不会留意每一个靠着杆子的人。"如果他继续追问："但是他在那里待了将近一个小时，一直在看那扇窗户。"他们仍然会说："帮帮忙，别打扰我，好吗？我没注意到任何特别的东西。"

平凡，能让人最大限度地接近于无形。

他仍待在街角，带着冰川般古老的耐心，靠在杆子上，又瞥了一眼艾米丽的窗户。他不必再等很久了。

把握时机——这也是他诸多重要能力之一。

阳光投下的方形光斑快要移动到对面的墙上了。

艾米丽无法集中精神，每隔不到五分钟就偷偷瞄向从床边隐约可见的那张闪闪发亮的纸片。一张小小的三角形纸片，出乎意料地诱人。她应该把它扔到垃圾桶里，而不只是踢到地板上。它一直盯着她。

事实上，为什么不呢，她想。但随后，她回过神来，努力把思维集中到下一个任务上。但这并不管用。她发现自己无法完全控制自己的想法，就像一个刚参加冥想课的新学生一样。她一次又一次地忍不住想起那张躺在床脚的弃权书。一个念头一再在她的脑中回旋：这是一个机会，可以让生活彻底改变。

一次又一次，她觉得自己已经没有理由再留在这里。

你真正想要什么呢？她问自己。把自己的生活浪费在给那些素不相识的人去制造巧合上，而你爱的那个人在你面前上下求索，却不愿意在你身上停留片刻？说句实话，这种分裂的生活又能延续多久呢？无所不知，却无可言语？在刀尖上跳舞，却强忍疼痛，故作微笑？

而这，是你的机会。

她在床上坐起来，向外望去。人生不止如此。她可以重新来过。在这里，她已经无可留恋，那为什么不索性去一个没什么可失去的地方？

突然，她发现自己哭了起来。

这到底从何而来？她迅速用手捂住了脸，就像一个马上要进行钢琴独奏的小女孩。

她再也不想这样了。她不想要没完没了的计算，不想要继续追逐，不希望这灼热的感情像一条过热的毛巾一样梗在心头，让内心焦枯。

够了，够了，够了。

她可以承认自己精疲力竭，对吧？她可以承认自己不再相信幸福的结局，以及"一切都会好起来"的保证，对吧？

对吧？

她想要全新的、干净的、顺利的生活。她甚至愿意回到过去。也许签署了弃权书就会发生这样的事，谁知道呢？

也许你会忘记一切。

也许你会重新开始。

谁知道呢？

当然，她应该坚强乐观。但现在，她只想要改变。彻底改变。

要想"彻底改变"，可以选择努力工作，同时内心不断自我说服，经过漫长的时间，从深坑里顺着伤痕累累的墙壁艰难地爬出来。或者，只要一个签名就可以实现……她可以承认，她现在想选择一条更简单的路，不是吗？

他走了几步，到了街的尽头，然后又走了回来。

他不能在她的窗户下站太久。这会让人怀疑的。

而且，他知道，他还有一点时间。

他嗅着空气，等待合适的时机。

他想吃个汉堡。

不过这需要再等等。

艾米丽在厨房的餐桌前坐下来，开始写下关于她人生的只言片语。

如果她想要离开，至少得留下一些解释。

她坐下来，一行接一行地写着，脸上的泪已经干了。写完后，她用颤抖的手拿起纸，快速浏览了一遍内容。一切都得快点，否则她会改主意，重新变得乐观。还没有完全陷入抑郁的人总是担心，新希望的到来会让他们措手不及，而所有绝望的情绪则都浪费了。她把信折好，塞进一个长长的白色信封里。

她刚封好信封，就觉得它热了起来。还没等她意识到发生了什么事，信燃烧起来。艾米丽把它掉在了地上，大惊失色。信封在落到地板上之前就已经变成了炽热的灰烬。

她早应该知道会发生这样的事，不是吗？

有些秘密不可透露，这个世界不允许它们被发现，因为它们是违反规则的。她将永远找不到一个了结。这是离开的另一个好理由。

带着前所未有的坚决，她匆忙走进卧室，从地板上抓起弃权书。

她回到客厅,开始填写细节。现在她是自发的,对吗?

她一时冲动,做出了一个迅速而不负责任的决定。真是太好了!她是自发的,这意味着她是真实的,对不对?至少说明她还活着,对吧?

她很快填完了表格。突然间,她能控制住自己的想法了。她全神贯注地把这件事赶快做完,不回头。在纸片底部签名前,她有四分之一秒的时间来改变主意。但她跳过了这四分之一秒,没有往下看,直接签上了名。

到点了。

大幕拉开。

就像蛋糕的烘烤时间一到点,烤箱就会发出轻柔的提示铃声一样。他现在必须非常精准。他开始朝她家走去,顺手摸了摸口袋里的那根小铁丝。

开锁,是另一项重要的能力。事实上也不算是。也许这更像是一种后天习得的技能。

把笔从纸上挪开的那一刻,艾米丽心中的紧迫感消失了。

她无力地向后靠,让内心的紧张情绪稍作化解,连同那页纸,慢慢消失在眼前,淡出在空气中。一次深呼吸,然后又一次,然后她惊恐地睁开了眼睛。

我到底做了什么啊?

她想从沙发上起身,却发现自己腿脚无力。

自我毁灭的欲望得以满足并从她身上抽离的那一刻,当她正式不再是巧合制造师的那一刻,往事历历浮现在她的眼前。这是我人生的重大决定,她想,我就是这样做的?

她的呼吸变得吃力,就好像空气都变厚重了。这不是我真正想要的,她告诉自己,那不是我。就像一个绝望的指挥官朝那些再也听不见他的飞行员尖叫:"中止!中止!"

她想赶快擦去签名,但那一页已经消失了。她作为巧合制造师的一切已荡然无存,只留下了审视大局的能力,突然之间,她发现了指引她走到这一步并让她越过边界的所有线索。不,不,不,这不可能。

门口一声轻响吸引了她的注意,门开了,她看见一个人站在门口,脸上带着歉意的微笑。不知为什么,她回忆起第一天的课上那个让她困惑而不敢问的问题。

她的身体毫无生机地陷入沙发,她闭上了眼睛,呼吸了最后一次。她不知道,如果自己那时候斗胆多问一句,这一切还会不会发生:"巧合制造师也有自己的巧合制造师吗?"

摘自课程《自由选择、边界及经验法则：
第三部分（人类界限）》的练习册

FROM THE WORKBOOK FOR THE COURSE FREE
CHOICE, BOUNDARIES, AND RULES OF THUMB,
PART III (HUMAN BOUNDARIES)

在她的著作《嵌入或然》一书中，穆里尔·法布里克描述了大多数人做选择时容易犯的六个基本错误。她的方法多年来被巧合制造师公认为标准，以描述客户可能犯的错误。

放弃。根据法布里克的说法，最常见的错误是根本不去选择。在这种情况下，客户不允许自己冒任何风险或获取任何利益，宁愿让"现实"来为自己做决定。这个错误源于一个事实，即做出任何选择的同时也意味着放弃其他可能性。"放弃型客户"看到的是放弃而不是选择，然后选择了消极的姿态。根据法布里克的解释，这种什么都不做的选择也是一种选择，但只是一个糟糕的选择。[关于放弃问题的进一步研究，参见科恩的《为什么要纠缠不休？——如何为懦弱的客户制造巧合》。]

恐惧。法布里克认为，在很多事情上，正确的选择通常也是最可怕的选择。这并不是因为它必然是最危险的选择，而是因为选择它需要多一点勇气。大多数客户喜欢漫长而复杂的深思熟虑，他们最终会选择那些一开始就会做出的选择——不那么可怕，或是他们所熟悉的，不会改变当前的信念或思维模式。

自欺。一些客户明白，正确的选择往往是更令人恐惧的选择。为了避免这种恐惧，他们创建了一种复杂的自欺机制，导致他们担心做出不正确的选择，同时还是做了这样的选择。（通常而言，这个决定就是什么也不做。参见第一段。）文献中常将这种错误称为"错放的勇气"，或者简称MC。

后悔。客户一次又一次回顾选择的时点，不断再次验证，直到没有一种选择可以实现目标，一切都变成了错误的选择。迈克尔森"黄金巧合"的首要法则之一就是从该错误中得来："不要让客户反复深思熟虑，尤其当他是B级及以上的白痴的时候。"

选项过多。很多客户想规划尽可能多的选项，只是为了确定他们确实在"选择"。巧合制造师有时候也会犯这个错误，觉得可能的选项越多，所做的选择就越好，也越有意义。事实上，法布里克认为，在一定的临界点以上，多种可能性损害了我们做出正确选择的能力，于我们无益，而且还会显著提升上述四种错误的可能性。

独创性。那些缺乏自信并倍受焦虑影响的客户倾向于只因为某种可能性看上去似乎是原创的或特别的从而做出选择。法布里克收集到的数据表明,以特别为目标的选择中,超过百分之八十最终都属于"平庸、愚蠢、灾难性的"选择。

当你开始制造一个巧合,记住:虽然巧合制造师不得影响客户的自由意志,但他可以先发制人,以避免可能出现的错误,或者反其道行之,利用选择时可能出现的标准错误,来引导巧合朝正确的方向发展。

17

迈克尔陷在他的老板椅里，第三次试着读同一段内容。他坐在位于三十五楼的办公室里，呼吸着家具的橡木香气，为17世纪中期荷兰艺术家的油画所围绕，却仍然无法集中精神开始工作。

这种状态已经持续好一段日子了。

从那个冬日到现在，他度过了很多这样的日子。他把正在读的文件扔到桌子上，从椅子上站起来，转向身后的大窗户，望向窗外的城市。

起初，他想与这样的日子抗争，想弄清楚到底是什么让自己觉得如此糟糕，如此分心。那个夜晚一再重现的噩梦？早上起床离开家时妻子甚至不愿意在床上翻个身面对他？上班途中路过的婴儿车？

他曾想，如果他能搞清楚是什么打破了他的平衡，他就能一扫当前的萎靡，重新成为那个高效、精明、有魅力的商人。

后来，随着时间的推移，他开始学会接受这种日子。

这种日子就是：每天早上起床，他都觉得内心似乎有个黑洞，这个黑洞吞噬了曾是他妻子的那个鬼魅般的身影，也吞噬了以往清晨两人一同醒来的乐观情绪。

轻轻的敲门声传来。

门微微打开，他的秘书走了进来。

"迈克尔？"她问道。

他转过身，重新回到笑脸老板的角色中："怎么了，薇姬？"

他一直让秘书们直接称呼他的名字。事实上，他建议所有的员工都这样做。

"这里有些东西需要您签字。"薇姬说。

"没问题。"他穿过房间走过来。薇姬关上门，递给他几页纸。他心不在焉地扫了一眼。

每次，冲动都会变得更强一些。这一次，他感觉到彼此之间的距离比平时都要更近。

他在一页文件上签了字，然后翻到下一页，假装上面写的内容需要他全心全意的关注。她的香气钻入他的鼻孔。他对两人之间的距离清楚得不能再清楚了，他们站立的角度，他的右肩靠着她的左肩，她的金色长发（今天，她没有把头发梳起来，噢，多么美妙），她绿色的眼睛，她的嘴唇，她上衣垂落的样子……

他一直是个自律的人，但是一个人又能承受多少孤独？

他翻开下一页，也是文件最后一页。她的呼吸略有加重。他感觉到了。并不是只有他一个人有感觉。

他可以稍微靠近，让彼此的手臂接触，或者伸出手来轻抚她的腰背部。这不能说庸俗，而是美妙的体验，他知道。

这个女人。

他是如此的孤独。

他知道，他心里很清楚，只要他稍微动一下，她就会是他的。从她在他身边走动的样子中，从她看他的眼神里，他从很早以前就看出来了。但他不会因此就……

他把签好的文件还给她。当她从他手中接过文件时，两人的手指几乎碰到了一起。

"就这些了？"他问。

"是的。"她回答。

他们就这么面对面地站着。

很近。太近了。近得不能说只是一个巧合。他看着她的眼睛，发现她也在看着他。但应当由他来采取行动。他所要做的就是略略倾身……

四秒钟过去了。这相互凝视的四秒，在男女之间绝不是简简单单的四秒。他转过身，开始向办公桌走去。

"太好了。"他说道。似乎什么都没有发生过。

"好极了，谢谢。"她心照不宣地配合，"再见。"

她离开了房间。

他深深地吸了一口气，不误入歧途的努力这次几乎将他压垮。他坐在椅子上，转向窗户，揉着刺痛的眼睛。今天也是这样的一天。

盖伊看到秘书离开了他客户的办公室,脸微微有些发红。

一想到她看不到自己,盖伊就有点尴尬。他觉得自己像一个偷窥狂,而且还是最坏的那种。自从他脱离幻想朋友的身份后,那种别人对你视而不见的感觉已经变得陌生了。他有点震惊于这种感觉的威力。

皮埃尔把他要做的事明明白白告诉了他。有点像一个突击任务。进入,执行任务,离开。

盖伊只是皮埃尔所创造的复杂巧合世界中的一个小齿轮,以使迈克尔在指定的时间死去,而这必须在当天发生,就在几个小时以后。

"我回来的时候你还在吗?"他问皮埃尔。

"不,"皮埃尔说,"我有几件急事。我们几个小时后见。"

就这样,他孤身一人,站在当年那个男孩迈克尔的办公室外。全世界有这么多的孩子,偏偏是他。

但总有一些事情你不得不去做。

他试着准确地回忆起当初他和迈克尔在一起时的样子。衣服的颜色,眼睛的颜色。

他深深地吸了口气,然后,就像多年前一样,穿过了紧闭的房门。

迈克尔知道为什么日子会变成这样。

那是因为，他和米卡现在像是一对室友，而不是夫妻。更糟糕的是，还是那种租约没到期，所以不得不住在一起的室友。

他的此生挚爱几乎不和他说一句话。自从那次事故以后，她就宛如幽魂。白天去做普拉提，晚上枯坐盯着电视，深夜则转身背对他，默默流泪。

事实证明，人可以陷入哀伤无法自拔。

他遇见她的时候还是个充满抱负的年轻企业家。那个时候他去参加会议是为了听演讲，而不是像现在只是为了露个面；那个时候激励他前进的是各种想法，而不是成功的惯性。

一个共同的朋友（那个时候他还可以确信他们是真正的朋友）向他介绍了这个有着他见过的最迷人眼睛的女人。他想和她相处一段时间。

第一次约会的两周后，他就知道，自己想和这个女人共度余生。他曾经嘲笑那些这样说的人。直到后来他才意识到，没有别的方法可以形容这种感觉。

他们待在她家里，计划着晚上该去哪里，然后发现，他们的内心深处都厌倦了去同一些地方、见同一些人、做同一些选择。他们有一个共同的秘密：两个人都厌倦了其他人所谓的"玩得开心"。在他们尝试了各种不同的咖啡组合、所有的餐馆、夜店和剧院之后，他们突然意识到，他们真正想要的只是两个人单独在一起。

当时迈克尔很确信，他们之间的关系在那天晚上会玩儿完的。他习惯了在社交的大背景下，彼此之间持续而规律地来回交换机智的俏皮话儿，好像这才是一种正常状态。如果他们不打算出门或者参加一些活动，他们的关系将建立在什么基础上？这就是他与女人相处的方式：他利用机智、令人激动的共同兴趣和各种绝妙的消遣来赢得她们的欢心——然而其中却从不包括坦率。他认为，就像在搏击俱乐部一样，恋爱中的第一条规则就是不去谈论这种关系。至关紧要的，是让她们远离最糟糕的事情——平庸，持续不断地提供令人兴奋或惊奇的东西，不要陷入沉默，不要谈论天气和鸡毛蒜皮的小事。

他们两人觉得无处可去，而且根本不想出去，他害怕这种具有腐蚀性的沉默会侵入他们的关系，日常生活的单调乏味会破坏彼此之间已经产生的愉快和兴奋。

他们坐在她家的客厅里，身边是一大堆的旧书和他第一次留意到的黑胶唱片，隔壁传来邻居们低沉的语声，两人不自觉地同步呼吸，保持沉默。就在这时，他突然发现了另一种联系。无关趣味，而是其他的一些感受。更缓慢，更无欲无求，厚重温暖，包裹一切。很显然，只有当你和她完全保持沉默，你才真正知道你爱一个人。

在这厚重的氛围里，米卡站起身，走到书架前。然后她坐到沙发上，示意他坐在身边。

"来，听一些好东西。"她说着，打开了一本卷了边的书。

他们整夜坐在那里，她用温柔悦耳的声音朗诵着，他倾听着字与字之间的缄默。黎明破晓,他知道她是自己的一生所爱。

后来,一周一次或者两次,当他们爱意浓厚,又不是特别累的时候,他们会在晚间为彼此朗读。

他给她朗读盖曼和萨福兰·福尔,她为他朗读雨果和加缪;他用普拉切特来娱乐她,她用海明威来震撼他;他用科本给予她慰藉,她则用吐温给予他惊喜。

这些作家都是他们的贵客。惊悚小说、戏剧,熟悉的、晦涩的。甚至是苏斯博士。所有这些,都是他们之间创造的爱侣情话。远离尘世,长夜漫读。

而就在十二月三日,就在那个早上,一切都变了。

迈克尔认为那一天是他生命的中心,高斯曲线的顶点:在那一天之前,一切都向上发展并且不断攀升,而在那一天之后,一切开始分崩离析。

米卡成为他的妻子已经差不多快两年了。

那天早上,他生命中的缪斯钻进车里,开始又一天数学教师的工作。她发动了小轿车,手腕轻抖,为他们的爱情开启了倒计时。

唯一能让他笑得上气不接下气却毫不尴尬的女人,就这么开车走了。车里播着艾拉·费兹杰拉的CD。空调设置为通风模式。这个他想要共度一生、生儿育女的女人,正像以往一般轻轻哼唱着,她就是这样的性格。偶尔地,她会瞥一眼后视镜。那个早晨,他接到电话才知道,这个女人,他唯一拥有的女人,因为某次过长地凝视镜子，而撞上了一个三岁的小男孩。那时的他还没有意识到，这将如何割裂他们的生活。

他从来不明白这一切究竟是怎么发生的。

一个三岁的小孩怎么可以悄无声息地跑到大街上？为什么？他那糟糕和可怜的父母又跑哪里去了？

像一支点燃的蜡烛被扇灭，米卡的人生就在那一天黯淡下去了。

她回家以后，甚至是在缓慢的审判进程和不眠之夜以前，在无尽的哭泣和自我憎恨以前，他就已经无法打破她的新盔甲。他停止不了她尖叫着向他解释，她不需要不需要不需要从生活中得到更多，因为她不值得、不值得、不值得——她不需要一位、两位、三位治疗师，也不需要婚姻顾问和药片；每次坐到一辆车里她都会呕吐；日记本里满是她一时疯狂写下的小字；一个寒冷刺骨的夜里，她绝望地流着眼泪在房子后面放火；他们用冷漠而尖锐的字眼相互攻击；她憎恶自己做过的一切，包括曾经与生俱来的乐观主义——甚至在所有这些之前，就在那天晚上，当她回家以后，他已经感到一块厚厚的黑布包裹住她的心房，让她窒息。

他尝试了各种不同的补救方法。

他想带她去度个短假，想象彼此敞开心扉，谈谈发生的事情；他想象她会哭泣，而他会安慰她，他们彼此拥抱，再谈谈，然后改变话题；他想象他们可以一起在早晨去远足，他会说一些蠢话，最终能逗她发笑，回家以后，缓慢但美好的自我愈合会逐渐开始。

他想故意跟她吵架，想象自己回家后戏剧性地跪下请求宽恕；然后她再次以睿智的目光看着他，投入他的怀中，告诉他自己多么需要他；他会用亲吻让她坚强，让她痊愈，无需其他，只要亲吻就够了。

他想好几天不跟她联系，想象她最终会给他打电话，请求他和自己说话；他会回心转意，两人各在电话的一端哭泣；他会以彼此都已忘记的沉默唤醒她，并向她证明，他们还可以回到过去，她值得他一如既往地爱她。

可所有这些想象都毫无意义。

他们会在度假小屋里度过沉默的三天，而小小的争吵会迅速升级，让他说出支离破碎的语句，无意中再次撕裂她的灵魂。她从不打电话给他，他也没有机会告诉她，她是值得被爱的。

最近压垮他的屈服感其实并不是想象出来的。他从来没有想过，自己会在完成工作后在办公室再多待一个小时，只是因为他不想回家面对她在他周围掘下的壕沟。

他从来没想过自己会置身于这么愚蠢的办公室暧昧中，游走在道德边缘，只是为了感受到自己还活着，只是为了尝试一丝自毁的冲动。因为，凭什么她是唯一一个发疯的人？如果有人在那个十二月三日告诉他，他将如此孤独、沮丧、不满和愤怒，以至于到了几乎与他的秘书有染的地步（这算是各种书籍里最大的陈词滥调了），那个人会当场因自己的轻率、愚蠢和上班喝酒而被解雇。

然而现在他就是这样,而且他知道,下一次他的确会和秘书发生点什么。

"噢,妈的。"他听到自己说,然后用手指按了按发红的眼睛,再次眺望这座城市。

"是的,我理解你的感受。"他听到身后传来一个声音,迅速回过头去。

当他看到坐在桌子上的那个顽皮身影时,他花了几秒钟才明白是哪位。而当他反应过来以后,他毫无疑问地明白,这是特别糟糕的一天。

曾经,在迈克尔成为他名片上的那个人之前,在他有足够的钱来购买自信之前,他只是一个小个子男孩,并不了解十岁以下孩子间的人际关系是怎样的。

课间休息时,他会独自一人在校园里闲逛,想知道其他孩子们是怎么能够如此自然地交流的。每次当他和别人说话、和一群孩子玩耍或在班上当众讲话的时候,他都会目瞪口呆,说不出话来。他不知道别人怎么看他,但他确信,他们会对他的每个音节品头论足。

他是典型的"不做事就不会做错事"的那类年轻人,认为每项人际活动都属于非理性的风险范围。

直到有一天,他站在全班同学面前,做一个关于鲸鱼生活的演讲作业,演讲是灾难性的,他感受到了置身人群之前的那种巨大的兴奋。他体内的一些东西破碎了,又重建了。一个星期后,他在学校里参加了一场足球比赛，攻入一个球，向世界展示了自己。一切就是这么简单。

但在此之前，他有他的小士兵，他有附近的公园，在那里他观察虫子的生活，对不会抱怨的自然世界进行脏脏的科学小实验，并且，他还有"中个子约翰"。

中个子约翰是他的幻想朋友。

他没有迈克尔的叔叔那么高，所以他不是大个子约翰。他也不像班上最小的孩子萨沙那样矮，所以他也不是小个子约翰。他是中个子约翰。起初，约翰主要是在冬天时和他在一起，那时他去不了公园。他们会坐在他的房间里消磨时光。有时候，迈克尔会和他聊天，给他讲学校里的事和那天他没做成的事，约翰会说些睿智的话语，或者至少听起来很睿智的话语。他的话会强化迈克尔的决定，促使他改变。迈克尔会躺在床上，想弄明白话中的确切意思。有时他会再次想象出约翰，追问他，约翰又会提供一种无论怎样都能说得通的解释。

但通常，他们会和士兵们一起玩。有时迈克尔会告诉约翰一些有关世界的事情，有时候迈克尔会自己和士兵们一起玩，而约翰就静静地坐在那里，让他感觉自己并不孤单。

后来，天气好的时候，他们会去公园玩，迈克尔会到处跑，对公园里躲藏着的各种野生生物们兴趣盎然。偶尔他会叫约翰一声，向他展示一个新发现。约翰会微笑着点点头，有时过去看看，但通常只是坐在长椅上，看着迈克尔，远远地守护着他。他不得不这样做，因为他穿着一身漂亮的西装，可不能在公园里弄脏它。

每隔一段时间，他就会说："你不一定总是要做决定。你可以只是去感受，顺势而为，然后决定会自然出现。生活是你现在在做的事情，而不是以后。"等等诸如此类的话。老实说，这话的意思有些暧昧不明。迈克尔对其他句子更加有把握，比如："世界上大部分壮举并不是因为有人特别聪明、特别勇敢或者特别有才华，而是因为有人永不放弃。"

有段时间很奇怪，迈克尔的妈妈出于某些原因不允许他出去玩。他自己和士兵们玩，中个子约翰则站在那里看着窗外。有一次，迈克尔抬起眼睛，想知道中个子约翰到底在窗户那做什么。他几乎是一动不动地站在那里。迈克尔甚至感到有必要问一句："没事吧？"

中个子约翰回答："总有一天，有人会告诉你关于爱的各种故事。不要相信他们的话。爱不是繁花盛开，不是电光火花。不是天上的烟火，也不是挂着横幅飞过的飞机。它像膏油一样，慢慢地注入你的肌肤之下，悄然无声，毫不引人注意。你只是感受到一股暖意，直到有一天你突然发现，在你的皮相之下，你已经与另一个人合二为一。"

"这意味着你没事？还是有事？"迈克尔问。

是啊，这就是中个子约翰。不过大多数时候，他说的话比这个明白多了。当迈克尔射进人生中的第一个球，他就如一个有责任感的成年人一般，从他的生活中消失了。

而现在，中个子约翰仍然穿着当年的西装，只是已不再那样令人惊叹，跷着二郎腿坐在桌上，带着同样不置可否的微笑，朝他咧嘴。

迈克尔回过身，面向窗户，想说服自己这并不是真的。

"我来这儿是有原因的。"中个子约翰说，"很显然，你又需要我了。"

我不打算回答他，迈克尔心想。这就是精神崩溃吗？你八岁或九岁时想象出来的人，会在长大后会回到你身边？我是不是该吃药了？

"你并没有发疯，"约翰说，"你只是想要一个人说说话。每次你呼唤我的时候，都是因为这个原因。"

"我不需要跟你说话。"迈克尔说。

"哦，你回答我了——也算有点进展。"他从桌子上起身，站到迈克尔身边，和他一起望向窗外的风景，"所以，发生什么了呢，迈克尔？依我看，我们的生活都已经往前走了。"

"没什么事。"

"你看上去很苦恼。"

"我正在和我儿时的一个幻想朋友聊天，这个人有着海军士兵的发型，穿着二流的西装。这很不对头。"

"这很正常。"约翰说，"人们一直如此。"

"不，他们不会。"

"好吧，也许不是对我，但是一直以来人们都会和自己悄悄说话。你会惊讶于有多少这样的人。他们有时候是在心中默念，有时候会大声说出来。什么年龄的人都有这种情况。需要帮助的人最后往往求助于自己。"

"我不需要帮助。"

"真的吗？"

迈克尔没有回答。往下看去，街道上的小车来来往往，循环往复。

"你并不愤怒。"约翰接着说，"你并不绝望，你甚至也不孤独。你是在渴望——这就是你现在的状态。"

他停下来，等着对方消化这句话。

"你渴望那个你曾经熟知的女人。而当你回到家中，她已经不在那里。一方面，你担心她永远地离开了，另一方面，你不能把她留在身后而自己继续前进，因为你内心仍然希望她回来。"

"你是在废话。"迈克尔说。

"但是，"约翰不理他，继续说，"每次你都想一蹴而就。你认为你需要重建过去的爱，过去的理解，过去的米卡。不该是这样的。她会是一个新的米卡。完美无缺，为你所爱，但却是全新的，有着更多的层次。新的爱情不会一蹴而就。这个你早就知道。它慢慢地发生，一步一步，一点一滴。"

"我已经过了可以从头再来的年纪了。"

"你当然可以。而且你必须这样做。你要重建的是熟悉的东西。你需要耐心,而且要冷静下来。"

"我太累了。对我们来说,一切已经太晚了,约翰。"

"不,当然不晚。"

"就是晚了。该死的。"

他们在那里站了一小会儿,沉默着。然后约翰开口了:"我想,爱是一种非常难以量化的情绪。非常难以测量。这种感觉如此珍贵,将我们彻底地卷入其中,因此我们从来不能真正判断我们有多么渴望,多么需要,并且多么爱一个人。没关系——世界上有些东西是不应该被量化的。另一方面,渴望是一种更清晰的情感。渴望的程度,可以衡量出我们有多么想念从身边消失的人。你真幸运,迈克尔。你经历着渴望,而你还有机会把爱重建。大多数人的渴望为时已晚。你现在处在谷底,只要给自己一个机会,就会明白你能爬到多高。迈克尔,只要她没有死,你就可以重新发现如何去爱她,还有如何为她所爱。'太晚'这种说辞适合的是其他类型的事情。"

"对大多数人来说,渴望只是一种证明——迟来的证明——证明他们曾经爱过。但你可以行动起来。对你来说,一切还不晚,迈克尔。"

当迈克尔转头看向他时,中个子约翰已经消失了。

⑱

阿尔伯托·布朗决定看完这部电影就去干掉他的目标。

这是一部喜剧动作电影,正是阿尔伯托喜欢的类型。其实他已经看过两遍了。剧情不太真实,但还算好看。还有大概三小时,他的目标人物就会走出这栋大楼,左转,走上正好二十五码,抵达车库入口。而阿尔伯托将会在这二十五码的路程中射杀他。他不知道这会如何发生。

据他所知,大楼里没有正在进行的整修。因此,不太可能从二十楼往下掉锤子。要么一辆失去控制的车辆冲上人行道?但这二十五码的路程内都有防止此类事故的栏杆。这个假设也被他否定了。他的目标看上去身体不错,所以突发心脏病似乎不合逻辑。那,或许会是一场搞砸了的抢劫?

他有一个黄色的小记事本,里面记录了他的目标从这个世界消失的所有方式。奇怪的意外,突然的袭击,他都一一目睹过了。他想找到某种规律。这一切不可能只是碰巧发生在他身上。换句话说,可能他是一个运气好的人,或者恰恰相反,他永远给人带来厄运。要么两者兼备。

好吧,他很快就会知道这是怎么回事。很快了。电影开始了,如果电影一结束他就立即前往选定的狙击点,他将还有一个小时的时间等待袭击的发生。这个安排看起来很合理。

他买了一张票。

中个子约翰站在楼层尽头的洗手间里,看着镜子里的自己。慢慢地,镜中的倒影变了,从只有这世界上一个人能看到的坚毅长脸,变成了巧合制造师本来的脸,更加柔和。

他的眼眶湿润了。如果再多眨几下,眼泪就真的要出来了。

他听进去了吗?因为是幻想朋友说的,所以就买账。有这样的人吗?

曾经,卡桑德拉认为是这样的。信任与爱同行——这是她在这个问题上的标准说法。

她闭上眼睛问:"你准备好了吗?"

"准备好了。"他回答。

她背对他站着。但当她问"真的吗?"的时候,他似乎能感觉到她在微笑。

"真的,"他又回答,"我不明白你怎么做到的。我觉得我不能。即使和你也不行。"

"信任与爱同行。"她说,"'爱我'和'相信我'这两个概念相伴而生,携手同行。一直以来都是如此。"

他略显紧张地往前伸出双臂。

"这是一种有趣的感觉。"她说,"这一刻之前,我从来没有相信过别人。"

"只管往后倒,"他说,"我会接住你的。"

"我从来不需要去相信别人。都是他们信任我,需要我,而我不需要他们。但现在,突然间我明白了,我需要去信任一个人,一个不会伤害到我的人。"

"嗯。"他说,"我想你搞反了。我们谈的是信任,而不是伤害。我永远不会伤害你。往积极的方向想,好吗?"

"是,是,我知道。但你可以伤害我,这不正是信任的力量来源?"

"是啊⋯⋯是啊⋯⋯可能吧。"

她笑了。"简直太棒了。"

"太棒了?"

"难怪人们做这个练习。一个人如果不能伤害你,也就称不上与你有什么关联。这就是美妙之处。我一生中从未允许任何人处在这个位置上。这让我觉得⋯⋯我是真真正正的⋯⋯"

"真正的什么?"

"人类。"她说着,伸开双臂,向后倒去。

他洗了把脸,冰冷的水把他拉回现实,就像睡醒以后那样。

面前的镜子反射出一个困惑的人,下巴上有小水滴正往下淌。

他试着向自己解释当下的感受。这就像用一只滑溜溜手抓一条受惊的鱼一样。

也许背叛之后就是这样的感觉。

有人身处困境,希望你能在那扶他一把。而你背叛了他。而事实上,你把你的卑鄙意图用漂亮的辞藻包装了起来。这个人认为你总是站在他这一边,可能你之前也的确如此,但现在,你正在利用你所拥有的盲目信任,作为阿基米德支点,撬动着世界朝你想要的方向发展。而那个人永远不会知情。

刹那间,盖伊似乎稍稍松了口气。

让他松了口气的是,情况没有变得更糟。他可以不用说那些诸如"改变的力量"之类连自己都不信的话,也能完成这项讨厌的任务。因为他发自内心地相信,渴望是衡量爱的尺度。他相信,用给予来疗伤永远不迟。不过这都是徒劳。这个孩子,或者说曾经的这个孩子,将会在今天死去,这一切他都用不上了。但自己没有彻底撒谎,也并不完全算是背叛。他仍然是他的朋友,哪怕就这最后一次。

也许,在内心深处,他也感到一丝幸福。

因为他可以把自己的一些想法传递给别人。真正属于他自己的想法。

他干这行太久了。去迎合那些想象出他的人的内心想法,而不是表达自己真实的观点。去制造巧合，而不去辨别对错。

而这次，难以置信地，他能够和一个人站在一边，真正地去帮助这个人。一切都是他自己的想法，一切认知都来自他自己，而不是别人的想法。

他看着镜子里的那个人，第一次感到自己不是在盯着另一个人的倒影。

要是给自己提建议也这么容易就好了。

他不必当别人顺从的倒影。

不必当任何人的。甚至不必是皮埃尔的。

他接受了太多不证自明的东西，太多毫无意义的命令。他要去皮埃尔那里，说服他迈克尔今天不必死。

一些新的东西刺痛了他。也许是责任。也许是这段时间里他一直缺乏的东西。

他感到自己是真正地活着——就像那些他曾经与卡桑德拉共度的时光。

⑲

"飞翔。"她说。

"就这样?"他问她,"只是想要飞翔而已?"

"先这点,"卡桑德拉说着,抱歉地耸了耸肩,"也许过段时间,我会知道自己还想要什么。"

"是吗?假如你能想象自己,假如你能如你所愿创造自己,你就只选择'飞翔'而已吗?"

"如我所愿?"卡桑德拉笑了,"我已经足够创造自我了。你知道我在这份工作中曾扮演了多少角色吗?相信我,这些角色都又美又了不起。没人把我想象得丑陋或愚蠢。比如,纳塔莉就做得很好。我喜欢这样的头发。但这是她为我想象的头发,而不是我自己的头发。当然,对我来说,像她想象的那样,做一个高尚和自信的人,是一件有意思的事。但现在我有了你,我只想做我自己。所以,是的,如果我能想象我自己,我想要飞翔。我会想象我自己的真实模样,而不是其他人心目中的我。但我还是想要飞翔。飞得高高的,在那里我可以逃离所有对我评头论足的人,随风而动。"

"好吧,我承认,"他说,"听起来很棒。"

"你呢?"她问,"假如你可以想象你自己,你会怎么想?"

"嗯,"他说,"跟你说实话吧,我没什么特别希望想象的。"

"一分钟前,你还取笑我……"

"我知道,我知道。只是……"

"你总是说,你受够了做那些别人想象你在做的事,你想要为自己做点事。"

"是啊。"他尴尬地挠挠头。

"那你想做什么呢?"

"我……我不知道……"

突然,他环顾四周,心神不安。

"迈克尔在哪?"他问道。

"什么?"卡桑德拉问。

"迈克尔呢?迈克尔在哪?"他起身焦虑地四顾。

"他走了。"卡桑德拉平静地告诉他。

"不,不,"他说,"不可能。他肯定在附近,因为我还在这儿。"

"不。"卡桑德拉避开了他的目光,"我看到他了。他带着玩具士兵回家了。"

"所以他一定是透过窗户在看着我之类的。"

"我不这么认为。"

中个子约翰抬头望着那幢楼。迈克尔房间的窗户关着。

"他在家里想象着我?"他好奇地说了出来。

"我觉得这不现实。"

"那我怎么还在这儿?假如他没有想象我,我怎么还在这儿?"

卡桑德拉环抱住自己，眼睛望向一边。

"可能……就是……很明显，是我想象你在这里。"

他转头看向她，惊呆了。

"你？"

"是的。"

"我不知道存在这种可能……"

"我也不知道……"卡桑德拉回答，"但我看到他离开了，而我不希望你从我面前消失。所以我想象你仍然坐在我旁边。"他努力想说点什么，卡桑德拉则把他的沉默理解成了愤怒。"我又没有让你做什么！"她恳求，"什么都没有。我只是想象了你的存在，而不是行为。一切都来自你自己。真的。相信我。"

他回到长椅边，坐在她身边。

"好吧，"他说，"谢谢你。"

他们坐了一会儿，一言不发。

"这可以的，对吧？"卡桑德拉焦急地问。

"再没有什么比这更可以了。"他回答。

太阳缓缓地划过天空，开始西沉。

一只孤独的狗从他们面前走过，静静地追逐着一缕陌生的气味。

"我不知道我们可以彼此想象。"他说。

"事实上，我们为什么不可以？"她反问。

她把玩着衣领上的蕾丝，斟酌有些话是否该说。

"什么？"他问。

卡桑德拉弯下腰，对着纳塔莉，那个想象出她的女孩正一直忙着在他们旁边玩耍。"纳塔莉？宝贝？"

纳塔莉抬起头。

"天晚了，"卡桑德拉说，"你该回家了。"

"好吧，"纳塔莉说，"你和我一起回去吗？"

"不了，"卡桑德拉朝她微笑，"我想再待一会，休息一下，可以吗？我们明天再在这里碰头吧。"

"好吧，"女孩站了起来，心不在焉地掸了掸弄脏了的膝盖。"再见，卡西。"

"再见，宝贝。"卡桑德拉说。

女孩走开了。卡桑德拉转向他。

"想象我。"她说。

"我不……"

"想象我。让我留在这儿。"

"但我要怎么做？"

"拜托，"她开始消失，忽隐忽现，"我不希望我们的相处受到时间的限制。想象我。"

他感觉自己的心脏狂跳。

想象她，这到底意味着什么？

她是谁？她是什么？"但我不想决定你是什么样的人。"他低声说着，闭上了眼睛。

"让我留在这儿，"他听到她的声音，仿佛来自遥远的远方，

"你不希望我留下来吗?"

"我想要你留下来。"他说。

无关她的外表,她的气味,她的触感。这些都是细节。还有别的,一定还有别的什么东西。他让自己想起因她的存在而生的感觉……

然后,他想象出了她。

两人单独坐在长椅上。

天空布满了红紫色的霞晕。

他的卡桑德拉正坐在他旁边,微笑的眼角仍带着泪痕。

"不是行为,"他对她说,"只是存在。就像你刚才说的。我只是想象你在这里,做你想做的任何事。"

她慢慢地点点头,微笑起来。

她的长发在脸庞四周拂动。她笑了。

"怎么了?"他问。

"是你在想象我的头发在飘吗?"她笑着问,"这里根本没有风……"

"嘿,"他反驳,"这是我第一次想象,哪有那么老道。"

"我也是,"她说,"不过,你看不到我对你剃的胡子稍做了点改进,还变了你眼睛的颜色。"

"我眼睛的颜色有什么问题吗?"

她笑了。"没问题。很完美。很好看的眼睛。"

他摇了摇头。"这不符合逻辑。我想象中的你正在想象我,而那个我也在想象你……"

"是的,是的。我明白。这是一个闭环。"她回应道,"要习惯它。"

"但这不符合逻辑。"他重复了一遍。

"从什么时候逻辑和爱情挂上钩了?"她平静地问。

"和什么挂上钩?"他猝不及防。

"怎么了?我说了什么不该说的词吗?"她笑着反问,"每个人都是这样的,对吧?像这样的闭环……"

他们彼此想象,小心翼翼,避免夸张。

我们确实是一个封闭的小圈子,他暗自想。就算世界消失,就算世界上所有人都停止想象,哪怕最真实的现实都腐朽、破裂、消溶,被吸入虚无之中,他们仍然会继续存在,纵使万物不在,仍彼此坚持。

"你想飞吗?"他问。

"我想。"她回答。

"那我应该为你想象一副翅膀吗?"

"不。只要想象我正在天空中滑翔。这就够了。"

她开始飘浮在空中,而他也立刻跟着她飘了起来。"嘿!"

"跟上。"她说。

他们飞得更高,肩并肩滑翔着,目不转睛地注视着对方。

"不要停止想象我,"他轻轻地说,"不要让我离开。"

"我不会的,"卡桑德拉轻声细语,"不要担心。"

他们远离树梢,不断往高处飞,一直飞到没有任何阴影可以阻挡太阳余晖的地方。

"你也是,"卡桑德拉睁着大大的眼睛,轻声说,"不要停下。不要放手。"

"永不。"他回答道。

摘自《巧合制造行业发展的关键人物》
强制性阅读：H·J·鲍姆

FROM *KEY FIGURES IN THE DEVELOPMENT OF THE COINCIDENCE-MAKING PROFESSION*, MANDATORY READING: H. J. BAUM

休伯特·杰尔姆·鲍姆被很多人公认为史上最杰出的巧合制造师。

　　入行伊始，鲍姆是一个经认证的织梦师。工作期间，因为所造梦境的独创性与专业性，他收获了三种奖项。那时，他还只是织梦领域里最年轻的人士之一，但他的档案中，提到了至少五十五处特别复杂精巧的高水平梦境，另外引用了至少一百七十个曾对做梦者的生活产生积极影响的梦。

　　在退出织梦师行业的大约两年之前，鲍姆因为"利用梦境来治愈心灵创伤"赢得了最负盛名的杜桑奖，成为获此奖项的最年轻织梦师。

　　在那之后，鲍姆去了设计协会的特别部门，但几年后离开了。在他的一本传记《鲍姆——击倒第一块多米诺骨牌》里，他解释说，他强烈地感觉到自己不能只局限在办公室里。

　　当鲍姆开始巧合制造师的工作时，这个领域还只是刚起步。那个时候的巧合制造师主要侧重于组织最多第三级的巧合。即便如此，由于能力所限，那个时候也只是采用陈词滥调法，或者是那种过于招摇和刻意的巧合。

利用在织梦方面的丰富经验,以及在设计协会积累的知识,鲍姆创造了一种全新的、复杂的、更优雅的巧合制造方法。在他看来,巧合也是一种"编织"。鲍姆发起了一系列有组织的步骤,从此改变了巧合制造师的工作方式。

在他从业期间(据多方信息来源,他迄今仍在从业中),鲍姆负责过一些历史上最复杂和最令人印象深刻的巧合,比如亚历山大·弗莱明实验室里的霉菌以及青霉素的发现;比如安排发现了电磁、X射线,以及安排了暴风雨平息的时间窗口,实现了诺曼底登陆。此外,他还负责了其他重大的历史性巧合以及特别复杂的巧合,其中大部分仍然是机密,有些显然将永远不会被披露。

鲍姆被认为是两个领域的大师:与天气有关和/或利用天气带来的改变(需要大量的研究和极高的精确度),以及在巧合框架中使用多重身份。他特别喜欢的服饰与身份包括:高大的列车员,带着听不出来自哪里的口音;老园丁;还有胖胖的理发师,一般名叫克拉里斯。

鲍姆很少以真实面目公开露面,最近的一次是在西班牙一个巧合制造师课程的毕业典礼上。目前,他所在的位置,连同他作为一个活跃的巧合制造师的身份状态,均不为人知。

20

皮埃尔在脑海中再次详细过了一遍那天的细节。

计划已经执行一半了。他得尽快赶到公交车站，在那里他需要心烦意乱地跟人争执。

并没有多少事情能让他心烦意乱。为此，他不得不控制心跳，提醒自己表现得当。

当然，他现在看起来不像皮埃尔了。他矮小，秃头，走路像痉挛了一般，胡茬汗津津的。

过去的三个月里，他在这个广播电台周围闲逛，并没有与人交谈太多，但过了一段时间，人们就想当然地认为他应该在那里，从而忽视了他的存在，就好像挡风玻璃上是有一点污垢，但没有碍眼到必须要洗车一样。他现在已为他们所熟悉，而他们并不知道他是谁。

事实证明，一个人被留意的程度总是与该地区的总人数成反比。电台足够大，走廊也够长，他所吸引的注意力正好在他所定义的红线之下，也就是说，没有人愿意主动和他交谈，但大家都觉得他眼熟。

他慢条斯理地离开广播电台。

像往常一样，没人注意到他。在他们仍然出于某种原因称之为"唱片库"的房间外，桌上放着一堆唱片，按照当天的节目顺序排列好。

入口处的秘书，唱片库的主管，还有那个拿着大麻烟不抽、招摇过市的播音员——当他快步走过，交换了两个盒子里的唱片时，这些人统统都不在。

这很简单。播音员会认为他正在播放某首歌，等到他注意到播错了的时候，已经来不及再去找正确的唱片了。他可能会结结巴巴地解释说这是一些小的技术故障，然后听天安命，继续播放其他歌曲。有时候，即使不抽大麻烟脑子也会慢。

这样他就会播放皮埃尔选择的歌曲。

这是巧合制造师课程中的第一课：《歌曲操纵》。

这实在，太基础了。

他笑了。

21

艾米丽坐在白色站台上，等待火车的到来。

显而易见。

这里看着很像火车站台，只不过是纯白色的。但她前面不远处的下方铺着铁轨，所以是站台没错。因此，她明显在等一趟火车。她脚边的红色手提箱是另一条明显的线索。不过她并不记得自己曾经打包过。

另一方面，她也完全不记得怎么来到这儿的。上一刻她还在公寓里，签署弃权书，仍然是活生生的；而现在，她在这儿，在一个车站里，已然死去。

她并没有感到死亡。她感受到凉爽的空气通过鼻子钻进胸腔，她感受到她自己的体重压在座位上，她甚至觉得有点饿。但是她死了，毫无疑问。这是一个让人倍感压力的想法。虽然你不知道会发生什么，但你可以感受到，最糟糕的事情已经过去了，所以真的没什么好担心的。这是多么奇怪的好奇心，对未来连一丝恐惧都没有。

她环顾四周，想找到自己在空间中所处的位置。这个站台向左右两边无穷无尽地延伸，洁白而质朴，除了她所坐的地方，没有任何其他座位。在她面前，站台边缘有一个台阶。台阶下方，两列黑色的铁轨铺在地上。在它们后方,白色的草在微风中摇曳,一直延伸到远方。还有小树,也是白色的,之字形曲曲折折地铺满了地平线。

她注意到,在她右边靠后一点的位置有一根高高的方柱,顶上有一个扬声器。是啊,显然火车很快就要到了。她再转过去一点,看到柱子后面有个小岗亭。当然,它也是白色的。岗亭上有一个小窗口,上方是一个带有淡灰色字母的指示牌:问询处。

问询处?

这里还有问询处?

她站起身,片刻间有习惯性的冲动想带上手提箱,但还是放弃了。没人会偷手提箱的。就算手提箱被偷了,又会怎么样呢?

她慢慢地走向问询处,对任何可能发生的事情做好准备。窗口后面坐着一个身材娇小的女人,穿着一件鲜艳的蓝色棉布衬衫,笑纹在脸上蔓延,如平静的枝条。她那黑色短发的发梢刚好碰到她脖子上的皱纹。她看上去是教科书级的友好。

这个娇小的女人抬起眼,含笑看着艾米丽。

"你看到这个指示牌有什么感受?"她问,"八个字母,其中第三个字母是'R'。"

艾米丽看着她,有点困惑:"你说什么?"

女人从窗口下的桌上拿起一样东西,是解了一半的纵横字谜。"八个字母。"她重复道,"不可能是'了不起的[1]',因为这个词的

---

[1] 英文为 terrific。

第一个字母不是'T'"。

"惊喜[1]。"艾米丽说。

"正确！对极了！"女人很高兴，快速写下来，"这也为我解决了第二行。多亏了最后的'E'"。

"第二行是什么？"艾米丽问。

"你需要适当取用的东西，"女人说，"十个字母。"

艾米丽想了一会儿。"答案是什么？"她最后问。

"一切[2]。"女人回答。

"一切？"

"什么？不是吗？"女人皱起眉头，"它确实很合适。之前我已经从第六行里得到了'I'。"

"第六行是什么？"

女人仔细看了看面前的一页纸。"在这儿：在车站候车的这位年轻女士的名字。"她念道，"艾米丽[3]，对吧？"

"对……的。"艾米丽说。

"那就对了。"那个女人说。她把纵横字谜折了起来，放到一边。"有什么我能帮忙的吗？"女人问。

"呃……"艾米丽有点结巴，"我不想要什么特别的东西。我的意思是，我确实觉得需要一点信息，但手头信息太少，都不知

---

[1] 英文为 surprise。
[2] 英文为 everything。
[3] 英文为 Emily。

道从何问起。"

"你想让我连问题也一并提供吗?"女人问。

"不,我只是……"

"不,不,那没什么。没问题。比如试一下'我死了吗?'"

"我……我……我死了吗?"

"是的!"女人欢呼起来,"但也不确切。可以说是某种类型的死。很好,你问的问题很好。'火车什么时候来呢?'这个问题怎么样?"

"我没想要问这个问题,我……"

"没事,来吧。'火车什么时候……'"

"火车什么时候……"

"会来?"

"火车什么时候会来?"

"只要你愿意。"女人挥挥手,"现在自己提问。"

"你说的'也不确切'是什么意思?"

"哦,好问题。"

"谢谢。"

"你进步很快。"

"谢谢。"

"……"

"……"

"……"

"所以答案是？"

"啊，是的，当然，"那女人说，"我差点忘了回答。你不是真的死了，因为，坦率地说，只有人类会死。而你，怎么说呢，其实并不是真正的人类。也就是说，也许你曾经是，但你的状况有点不同。"

"我曾是一个巧合制造师。"

"啊哈。现在你要去往下一个角色了。现在就好像在候车室里。"

"候车室？"

"差不多吧。"

"这里为什么像是一个火车站呢？"艾米丽问。

"我怎么知道？"问询处的女人耸耸肩，"这就是你选择的体验方式。每个人都有不同的选择。"

"那么你……？"

"只是你在自己脑海中体验到的一个人而已。是的。"

"我在想象你？"

"不。你是在体验。我并不是想象出来的。我切实存在。你只是选择以这样的方式来看到我。顺便说一句，我喜欢这个发型，谢谢。"

"别客气。"

"不过，顺便问一句，为什么你用了那么多的白色？"娇小的女人问道。

"我不知道,"艾米丽说,"直到几秒钟前,我才意识到是我在创造这里。"

"我并不是说它不漂亮。很干净。"

"谢谢。"

"别客气。"

艾米丽又检查了一遍这个火车站,寻找即将到来的蛛丝马迹。

"那现在会发生什么呢?"

"像其他任何的巧合制造师一样,"问询处的女人笑着说,"你在这里等一段时间。等你准备好了,火车就会到站,把你送到下一站。"

"下一站是?"

"人生。"女人说。

"人生?"

"人生。真真正正的人生。所有工作中最好的那种。正常的、充实的人生,包括一切。自由的意志、矛盾的情绪、记忆、遗忘、成功、失望,一切的一切。"

"我……我就只是成为人类的一员?"

"确切说,是女性的一员。"

"我会有父母?"

"准确地说,会有一位父亲,一位母亲。"

"在真实的、平凡的世界里?"

"确凿无疑,亲爱的。"

艾米丽深深吸了口气，让自己慢慢理解这件事。

"你知道的，"女人说，"也许你作为一个巧合制造师已经死了，但作为一个人，你只是还没有出生。所以，可以说你死了，但那并不完全准确。我不能给你错误或是不准确的信息。"

"每个签署弃权书的人都会碰到这种情况吗？"艾米丽问。

"更准确地说，这发生在每个退休的巧合制造师身上。不管是自愿的、被要求的或者非自愿的。"

"非自愿的？"

"在签署弃权书之外，还有其他的死亡方式。"

"那，当我变成人，我会记得自己曾经是巧合制造师吗？"

"这不可能，"女人说，"这就是手提箱的用途。"

艾米丽回头看了看座椅旁边那个红色的手提箱。"手提箱？"

"是的。手提箱里包含着你所有的记忆。当你登上火车时，他们会把它拿到行李房。"

"然后……"

"然后它当然会丢失。旅行中的手提箱就是这样，总是不能和乘客到达同一个目的地。如果到达同一个目的地，那将是一种灾难。至少在这里是这样。"

艾米丽转过身，回到座位上。不知为何，从问询处回来的路似乎比去时要远。她坐下来，把手提箱提起来，放在膝盖上。箱子比她预想的要轻。她把手放在两个锁上，按了下去。两声咔哒声后，箱子在她手中颤抖了一下。她朝地平线上的那片白色树林凝视了片刻，然后打开了手提箱。

箱子里有她的第一次巧合。

有那个她永远无法忘怀的吻，虽然她一直认为自己应该记得更清楚。由于在梦中反复使用，这个吻已经略显破旧了。还有那个时刻：在"现代巧合制造史"课程上到一半时，大雨倾盆而下，而她迫不及待地想出去闻一闻。

里面还有柠檬香草味冰淇淋的气味。有所有她喝过的咖啡，从淡到不能再淡的，到那杯不小心用了两满勺咖啡粉做成，以至于她凌晨四点都没睡着的。

这里还有她做过的梦。折叠着，有一点湿润，好像她还没有完全醒过来一样。一个梦叠着另一个梦，最糟糕的在最下面，淹没在手提箱深处的黑暗里，而精彩的和疯狂的则在顶部闪着调皮的光芒。

太神奇了——这些东西是怎么装进这么小的一个箱子的？她脚下草地的感觉，失败的苦涩味道，她最喜欢的鞋，经常为她、盖伊和埃里克服务的咖啡馆服务员的名字，像针扎一样突然掠过的心痛，她"几乎办成的事"，她的成功，深夜入睡前掠过脑海（但第二天一早肯定抛诸脑后）的小灵感，还有将军坚持他们必须牢记在心的二十条规则，盖伊沉思时始终动人的双眼，霓虹灯发出的噪音，她签署弃权书后瞬间让她无法动弹的恐惧。

那封信也在这儿。在她决定放弃前一刻给盖伊写的那封信。她曾经想要留下这封信，却发现不可能。而现在，这封信就完好无缺地在这儿,一点没有燃烧的痕迹,仍然装在一个白色的长信封里。

她短促地呼吸了几次,然后把信封拿在手里,咔哒一声关上了行李箱。

她匆匆走到问询处。小个子女人把笔举在空中,目光盯着她面前的纵横字谜。"你现在感觉到了?"她问,"五个字母。"

"准备好了[1]。"艾米丽说。

"嗯,可能吧。"女人说,"我来检查下这符不符合第十四行。"她再次抬起眼:"有什么事吗,亲爱的?"

"每一个走向下一阶段——我是说,到真正的人生中去——的巧合制造师都经过这个地方吗?"艾米丽问。她的声音有些颤抖。

"是的,是的,我想是的。"那个女人说,"这事发生得不多。事实上你们没有那么多人,而且你们也不急于求死,但最终,你们都会经过这里。"

"你能帮我一个忙吗?"

"否则我在这里做什么呢?"女人的脸上浮现笑意。

"你能帮我把这个给一个人吗?"艾米丽把信封递给她。

女人接过信封仔细检查。不知怎的,艾米丽知道,这个女人很清楚里面有什么。

"你找到了绕过规则的方法,嗯?"女人问。

---

1 英文为 ready。

"算是吧，"艾米丽说，"等那个人来这儿的时候，我想让你把这封信给他。他大概这么高，还有……"

"我知道你说的，"女人说，"就是说，我知道你在说谁。"

"是吗？"

"当然。你说的是第十四行，'那个小伙子'，和你之前的'准备好了'正好吻合。"这个满含笑意的小个子女人说。艾米丽再次有雀跃的冲动，忍不住想在站台上跑个来回。

远处传来火车进站的汽笛声。

"那个，"女人咧嘴笑着说，"意思是你现在真正准备好了。"

22

大堂里熙熙攘攘。盖伊坐在角落里的一张小沙发上,看着西装革履的人群匆忙在大门和电梯之间来来往往。

他仍然没办法起身走到见皮埃尔的地方。匆匆瞥了一眼挂在面前的大钟,他清楚地知道,他必须马上起身离开。只是他实在太累了。

是的。改变外形可能很令人疲倦,但这只是部分原因。他的内心自我告诫,不要去采取那些与他所习惯的事物完全相反的行动。

他是否应该说服皮埃尔?要抛出什么论点?应该怎样论证?他该基于什么数据,来向皮埃尔阐述另一种选择的可能性?

在大厅匆匆走过的高管们都没有注意到这位陷在沙发里的忧郁的年轻人。事实上,他们为什么要关注他呢?

如果他走近大门处的自动门,他们会留意到他吗?会不会由于他太过渺小和懦弱,甚至连传感器都感受不到他的存在,也不会给他开门呢?

也可能,他就这么坐在沙发上,直到太阳下山,皮埃尔过来查看到底发生了什么事,为什么他要毁了整个计划。这显然将是他职业生涯的终结。好吧,也没什么。

他的第一次任务是多么能量满溢。再早一些,甚至在课程的结业考试时也是如此。披荆斩棘,迅速前行,目光如炬,他的腿部肌肉痛苦地尖叫,但仍下定决心在月亮出来之前找到他的客户。无知者无畏。

那是一个糟糕的任务,他仍然不明白自己到底做了什么,但至少他说服了自己,一切都很重要。

而现在,当真正重要的时刻到来时,他甚至动不了。真是失败。

他走向紧急出口,推开了门。

盖伊迟疑地推开办公室的门。

"进来,难道我表达得不清楚吗?"他听到将军的声音,然后赶紧把门推至大开。

将军坐在他的木质办公桌后,扬了扬眉毛以示期待。在他面前,是一大摞棕色的档案,打印得密密麻麻的纸张,以及一只脑袋忽上忽下的玩具小狗。盖伊忍不住想,将军在允许别人进入办公室之前,是不是总会先按一下它的脑袋。

"进来,"将军用手示意,"坐。"

办公室很简朴。

无论什么时候，方形的窗户总是在空荡平滑的办公桌上投下一方光亮。角落里有一个巨大的地球仪，无疑是存酒的地方，而对面的角落里有一个空空的衣架。右边是一个安装了玻璃门的大书柜，除了一本发黄的白皮书和一个支棱出一片叶子的小花盆，别无他物。盖伊总是在想，这片叶子是真的还是塑料的。

没有家庭照片。当然，也没有电脑，甚至没有日历。

然而，在桌角，远离点头小狗的地方，有一个所谓的高管的玩具。盖伊猜这应该叫做"动能球"。五个闪亮的银色小球，每个都由两根线悬挂着，等待着无聊的老板把其中一个举到空中，然后一遍一遍进行规则的钟摆运动。

盖伊坐在将军对面，等待着。

将军拿了一张纸，自顾自哼着小曲儿。

"所以，"他转向盖伊，"事情怎么样？"

"我……"盖伊说，"我觉得还行。不是吗？"

"你来告诉我。"

"是的，是的，都很好。"

"好在哪儿？"

"课程。"

"课程？"

"你问的是课程，不是吗？"

将军向后靠去，目不转睛地看着他："你知道我喜欢你哪一点吗？"

"知道。呃,确切地说,不知道。"盖伊回答。

"取得外部批准的内心需要,还有以最小化行动达到目标的能力,你可以在两者之间取得极好的平衡。"

"我想我不是很理解。"盖伊说。

"啊,你不必理解我说的每件事,"将军说,"至少目前不需要。"

"呃,好吧。"盖伊说。

将军继续观察着盖伊。

"我的成绩?"盖伊问。

将军并没有回答。看上去,他正在思考些什么。盖伊等待着。"小心啊,"埃里克与艾米丽曾在他进门之前提醒过他,"他今天心情不错。"

"是的,成绩。"将军从沉思中回过神来,瞥了眼面前的那张纸,"历史成绩糟糕,所有跟人类操纵理论相关的都不赖,在巧合的技术分析方面很优秀,差不多就是这样。别担心。你不知道巧合制造师历史上的关键人物,这确实有点荒谬,但我们也不是为了用理论考试为难你才选你的。我们知道该如何挑人。我也很确信,你会通过实践考试的。事实上,我敢肯定你们三个人都能通过。"

"我很高兴听到这些。"盖伊说。

将军站起身来,双手插在口袋里,在房间里踱步。

"有两种特别优秀的巧合制造师,"他说,"他们可以被比作两类人：引领生活的和随波逐流的——被动的人和主动的人。"

"怎么说？"

"主动的巧合制造师既聪明又危险。他明白自己能够控制世界，并且知道如何利用这一点。他喜欢把自己看作创造者或艺术家。你的朋友埃里克就是这类人。这有时候让人不安。在听课期间，这个小混蛋借助未经授权的巧合为自己安排了至少三次约会，如果我没有出手禁止他完成最后一个环节，他甚至能中彩票。他要不是个天才，我早就把他踢出去了。不过，这就是你用一个主动型巧合制造师的风险。"

"而你则恰恰相反。你被动到够让人看戏的。你不觉得自己是艺术家，而是个职员。你习惯于随波逐流，巧合这个概念对你来说似乎自然而然。你是每一个操作者的梦中之选。你收到一个信封，然后制造一个巧合，再收到一个信封，再制造一个巧合。如此自得。但另一方面，仔细看看你，会感到有点难过。"

盖伊没有认真在听。艾米丽警告他说，将军有一种刻薄的倾向，想用一种精细而夸张的方式，在给你分配最终任务之前打击你的信心。"他花了一刻钟说我缺乏自信是多么的好，而且能多么增加我的完美主义倾向。"她焦虑地说，"他要再多讲两分钟我就站起来走人了。或者照着他的膝盖来一脚，可不是玩的。"

但现在，很难忽视将军的存在。

他把脸凑到盖伊面前。

"如果你想在这个行业有所发展，"他告诉盖伊，"如果你想比送比萨的快递员得到更多，你需要尽量别去放弃。走出舒适圈也许不如你习惯的那样简单，但更值得。明白了吗？"

"明白了。"盖伊说。他竭尽全力站稳，而不是扭过头去。

最后，将军把课程结业任务的文档交给他，然后走到房间尽头的地球仪前，聚精会神地研究大陆分布，仿佛第一次发现它们。

盖伊打开文件，翻了翻。

他看了看将军。"这里面说，我得……"

"是的。"

"但事实上……"

"对的。"

"这只不过是为了让蝴蝶扇动一下翅膀。"

将军短促地笑了一声："这就是不认真研究历史带来的问题。不要小看这个任务。让一只蝴蝶扇动一下翅膀可不是件容易的事。"

"我知道这可能有点复杂，但是……"

"蝴蝶是些顽固的小杂种。在过去，它们没有意识到自己的重要性，但今天他们知道自己的价值，因此如果他们不愿意的话，我们就很难说服它们扇动翅膀。找到一只蝴蝶很容易，但说服它则很难。这还没算上时机。"

"这是这门课最后的任务吗？去巴西旅行，在森林里乱转，找到一只蝴蝶，说服它扇动一下翅膀。听上去很……很……八十年代。"

"不单单是翅膀。是一只翅膀。仔细读。"

"但是埃里克的任务是组织三个人见面,他们会建立起新的城镇。艾米丽的任务是让一个布拉格人发明一种纸牌游戏……"

"而你收到的就是这个。内化之,执行之。不是你做的每件事都必须像登月一样戏剧性。微小而普通的任务也很重要。"

"我想……"

"我想我们已经谈完了。"将军说。

他举起一个银色小球,让它落下,开始弧形运动。另一边,两个球弹了起来。

"这怎么可能?"盖伊指着那件略显叛逆的办公室玩具问。

"这就是我们在此做的每件事的原则,傻瓜。去完成蝴蝶任务,"将军告诉他,"我说得够清楚了吧?"

盖伊拿起文件,起身离开,他的眼睛仍然为跳跃的球所困扰。一端是一个,另一端则是两个。

"有时候它就是这样。"将军说。

"我明白。"盖伊说。

"你不明白。但你会明白的。"

23

"你看上去像是被公交车碾了一样。"

盖伊瞥了眼皮埃尔。"我心情可没那么好。"他说。

"我知道你对这项任务不满意,但有时我们需要做这样的事,你知道的。"

"这不公平。我也不确定自己可以做到。"

他们在一个破败荒凉的公交车站碰头。盖伊坐在一个破旧的座位上,驼着背,胳膊肘搁在膝盖上,皮埃尔站在他对面,双臂交叉。

"听着,"他说,"这件事小菜一碟。我不打算向你推销什么有得必有失之类的废话。"

他往外走了几步,望着地平线上的弯道。

"事实很简单。迈克尔——你显然很爱他——需要去死。这样阿尔伯托·布朗的常胜纪录就不会被打破。他必须保持这个纪录,才能在未来四年赢得足够的声望,进入美国最大的黑手党之一。这种声望将使他成为传奇,五年后,他将被选为帮派头目,并与其他三大帮派合并,创立过去二百五十年以来最大的犯罪集团。这次合并将让他与一些小的恐怖组织建立联系和业务往来。然后,再过几年,当条件成熟以后,我的最后一步将让他把这个联盟击成碎片,并给相关恐怖组织以致命的打击,这会赢来至少三十年的和平,造福不止一个地方。"

他转向盖伊。"杀死一个人,以创造一个跨度近六十年的巧合。而它们之间甚至并没有直接关系。"

"皮埃尔……"盖伊说。

"不要跟我皮埃尔来皮埃尔去的,"皮埃尔平静地说,"我忙得很,有事情要安排。我已经帮你打点了一切。司机又疲累又焦虑,没法集中精神。你要上车,坐在前面挨着他的那个位置,乖乖等待时机,直到抵达合适的地点,然后在适当的时候问他一些事情,这样他就会转过头来,然后撞上我们的客户。"

"他并不是我们的客户。"

"从我们的角度来看,这次的巧合是围绕着他,所以理论上……"

"他不是我们的客户!"盖伊吼道。

他们之间沉默了几秒。

"你跟我吼?"皮埃尔问。

"就算是客户,"盖伊平静地说,"他也是我的客户。"

"你跟我吼?"

"我是那个必须确保他不会孤独的人。我是那个和他一起玩,让他相信他能实现自己梦想的人。我是那个在他四处乱跑时保护他的人。我是那个试图向他解释天下无不散之筵席的人,尽管我都搞不清楚自己有没有过朋友。而现在，我是那个必须杀了他的人。"

皮埃尔沉默了一会儿，然后以一种冰冷的语气再次问道："你，你这个小崽子，你跟我吼？"

"一定有其他的办法，"盖伊抬起头，"我觉得你是故意想要避开其他的可能性。"

皮埃尔转向他。

"现在听我说，"他的两眼气得通红，"好好给我听着。你忙着安排两个怪里怪气的学生在走廊里撞个满怀的时候，我在安排总统的出生。你把一首愚蠢的流行歌曲放进一个广播节目来为廉价的浪漫制造背景音乐的时候，我正在安排一些杀手的出生，而这些杀手将要暗杀我以前安排出生的总统。"

"你什么都不是，你只是个无名小卒。卑微的，总是信口开河的小角色。你认为你正在改变和安排世界，但你所做的只是执行一些无意义的存在主义笑话而已。当你做这些的时候，你除了下一个糟糕的信封外没有任何其他目标，只是四处游荡而已。让一个人决定飞往澳大利亚来个自我发现之旅，你就觉得把握全局了？对于自己的生活，你在墙上连三件半都写不出来。"

"看看你自己。你就像一张多米诺骨牌，等着有人来击倒你。这就是你对整个世界的影响。你是个固定靶子。除了刚才那个自以为英雄的营救行动，有没有一件事，是你生命中发自内心地去做的，而不是别人让你做你才去做的？"

盖伊努力保持镇静,压抑着怒火盯着地面。"我爱过。"他平静地说。

皮埃尔一时语塞。"你爱过?你爱过?那个幻想朋友?什么时候想象和爱是一回事了?"

他无法置信地摇了摇头。

"爱需要改变。爱需要努力。爱不是因为你表现好而得到的奖励。爱是艰苦卓绝的努力,是世界上最苦的活计。你到底在你的幻想朋友身上投注了什么?你选了个让自己高兴的角色,包裹以甜蜜,直到确信自己'恋爱了'。懒骨头没有爱。"

皮埃尔怒不可遏,难以自控:"天啊,我就知道指望不上你。我就知道。从我的观点来看,这是个慈善任务。你觉得我不能在废弃的公园里组织一次袭击吗?或者来一场电梯事故?你真的认为我需要你装扮成一个该死的幻想朋友,就为了说服他在适当的时候离开大楼穿过马路吗?作为一个安排了半场事故就觉得自己是巧合制造师的人,你未免想太多了。你一直都是这样,考虑好几个小时,然后给一个五岁的女孩安排一次小小的胃痛。是的,是的,我知道你的一切。我回顾过你做过的工作。这项任务本来应该促使你进步,让你做出一个大胆的决定。你认为世界可以用鲜花来改变吗?不,不,甜心。鲜花从未改变过世界。长矛?也许。步枪?绝对的。是炸弹改变了世界,以前如此,以后也会如此,相信我。但不会是鲜花。如果你想在这世上做点什么,做大事,你不应该再这么多愁善感了。"

"我喜欢改变细节。"盖伊静静地说。

"那就在这儿待着吧,待在你小小的安全领地里,为那些五年后就会离婚的夫妻安排见面,让人们意识到自己的'梦想',十年后才发现根本无法实现,为之付出的一切全是徒劳。每天在墙上涂画到死吧,直到你满怀痛苦和挫折地签署弃权书,就像你的朋友一样。"

盖伊震惊地抬起了头:"什么?"

"艾米丽。"一丝不易察觉的满足微笑浮在皮埃尔脸上,"很显然,她也不称职。"

盖伊的脸变得苍白。

艾米丽签署了弃权书。她到底在想什么?

他努力集中自己的思想,但发现皮埃尔轻蔑的声音依然刺入他的脑中。

"你认为她真的意识得到她在给其他巧合制造师做收尾工作吗?她安排锯屑落在地上的图案,而真正的巧合制造师实际上是锯木的那个?可能吧。也许她只是厌倦了。当你觉得自己的角色无足轻重时,就会这样。"

皮埃尔转身面向街道。地平线上出现了一个小点。

"车快来了,小可爱。你还有时间下决心。你还有机会第一次切身感受给世界带来真正的变化。或者你也可以待在这里,告诉自己你是多么的有道德,而且就像人行道上的香蕉皮那么重要。那可是会让人滑倒的哦,你知道。"

盖伊听到公交车的发动机轰鸣着前进。

公交车站的热气包裹着他们。皮埃尔仍然直挺挺地站着,面对着街道。盖伊还是无精打采地坐在破旧的座位上。

"你居然敢这样。"盖伊最终说道。

"你说什么?"皮埃尔扬起了一边的眉毛。

"你到底是什么时候变成这样的?嗯?"盖伊的声音越来越大,盖过了正在靠近的公交车,"你究竟是什么时候开始失去理智,变成了一个自大狂?从什么时候开始,你觉得自己特别到可以为了你的目的去决定一个人的生死?"

"现在听我说……"

"不,你听我说!"盖伊吼道,"你是总统的创造者和革命的组织者,但是除了毫无必要的死亡,你就不能安排别的方式吗?不,不。我不相信。你可以的!你能安排的比这个多得多。只是那些都不够戏剧性,是吧?那样不会让你觉得自己强大有力,无所不能!先生,我改变的那些现实,是人们的生活。你究竟什么时候开始忘记了这一点,把每件事都当成一场大型比赛,需要拼命得分?"

"冷静点。这不是我说的'下决心'的意思。"皮埃尔冷冷地说。

"闭嘴!"盖伊尖叫起来,"我宁愿永远保持渺小和微不足道,而不愿失去灵魂,像你一样看待这些事情。你决定如何制造你的巧合。这是你的选择。巧合又不会自己发生。现在我要来选择怎么制造我的巧合,而这不包括执行任何人的死刑。"

"冷静点……"

"闭嘴!我的存在,就是执行命令。这么久以来,我疯了一样地工作,安排、准备和制造巧合,实际上我是被动地在做这些事。而作为一个幻想朋友,我不得不被动。我不能表达自己的观点,或者有悖想象者的感受去改变任何事情。仅有那么一次,我反抗了我的想象者,然后遭到惩罚,消失了几年。"

"然后我有了主动的机会,可以去改变,可以按自己认为合适的方法来推动一些事情。但事与愿违,我开始屈从于信封。我让自己成为系统的一部分,仅仅因为这样做舒适、愉快,给人一种归属感。从我的第一个信封到今天,我看到的只是一个个必须执行的任务。我沿着安全的方向走上了和你一样的道路,为自己的优异表现自鸣得意,看不到那些被巧合所影响的人的灵魂。但我不会再这样了。"

公交车还有三十到四十码远。他们可以闻到车子的味道了。

"我不会上车的,"盖伊说,"你可以自己来做。"

"你会上车的,"皮埃尔说,"别无选择。我对你的慷慨激昂表示敬意,但我们需要执行一项任务。"

"同样地对你的慷慨激昂表示敬意,"盖伊说,"你知道该把它们贴在哪儿。"

公交车停在他们身边。

门开了。

"有两件事,"皮埃尔说着,一只脚踏上了第一阶踏板,"这次我会自己来。但是你,我的朋友,你不会再有更多和人有关的巧合制造任务了。我将亲自确保,在你的余生,你都要从事爬行动物和昆虫的配对工作。"

"其次,你讲了那么多你厌倦被动之类的废话,也许你应该考虑一下,你现在的小叛逆正是不做什么事情。在我看来,这也没多主动。一如既往,即使反叛,你也选择了简单的方法。"

门在他身后关上,发出重重的空气排出声。公交车慢慢驶离车站,消失不见了。

盖伊在原地又坐了一分钟。炽烈的阳光照亮了他身边螺旋形的尘雾。

然后他起身,跑了起来。

24

好吧，这件事本来可以处理得更好的，他想。

公交车窗外的景色很快从他身边掠过。

他不必如此激动。他应该坚持最初的计划，避免即兴发挥。不过，他也没有超出之前为自己设定的限度。所以没什么大不了的。一切仍在按计划前进。

他为自己刚才说出口的话感到抱歉。盖伊不该被人这么指责。总的来说，他真的是个好人。

是啊，他有点过于激动了。

公交车进入城里。就在这里，有些事就要发生了。

"安排总统的出生"是什么鬼？那真是一个严重的错误。根本没有所谓的"安排总统的出生"，人们是在出生后再选择是否成为总统的，而不是在此之前。这是自由意志的第四条法则。他们考过这个。如果盖伊注意到这点，这个错误会毁掉一切。这么多年过去了，他有时还是会犯菜鸟的错误。"总统的出生"——拜托，真的吗？

在任何情况下，他都期盼没有干扰，所有计算精确到位。

不过毕竟，那只是一个小问题，完全没必要对此感到不安。

十字路口到了。

公交车马上就得右转了。

此时此刻,他仍然毫无怀疑。现在,就在这一刻,他只要前倾一点……

"嘿,你不是应该在那站停一下吗?"

公交车司机把头转向他:"什么?"

但他并没有看司机。他的目光落在那个出现在公交车前的人身上。他看到对方正挥舞着手臂。在车撞到他之前,两人的目光相遇了一秒钟。

他不由自主地想:"任务完成。"

致巧合制造师课程的学生
旨在鼓舞人心

FROM THE LETTER DISSEMINATED AMONG
STUDENTS IN THE COINCIDENCE MAKERS
COURSE WITH THE AIM OF ENCOURAGING
INITIATIVE

给所有参与课程的学生：

如你所知，大约一个月后，你将完成学业，开始巧合制造师的学徒生涯。

请切记！！！

多年来，一个令人遗憾的做法已经扎根：巧合制造师课程的毕业生创造他们所谓的"毕业巧合"（GCs）。

不经专业指导且未经事先批准而进行的巧合，无论是"滑稽的""酷炫的"或"聪明的"，均可能导致严重的后果！！！（★）

严禁未经批准的巧合活动，不管你觉得多有意思！！！

（★）表面上无害的巧合，如两个好莱坞女演员穿着同样的着装到达同一个典礼现场，给电视直播节目制造奇怪的故障，让咖啡馆里挤满腹泻的人，都可能有深远的影响。任何不负责任的巧合安排都会给巧合制造师带来麻烦，他们将不得不努力减轻累积影响。

创造毕业巧合的学生可能被取消资格并被开除！！！

严重警告！！！

让我们平平安安、不招惹是非地完成课程吧！！！

25

阿尔伯托进屋的时候,里面有点凉丝丝的。

他离开之前总习惯把空调打开。回来的时候房间舒适是很重要的。但现在的他完全没留意到这一点。

他没有躺到床上看着窗外,也没有坐到门廊上喝一杯加冰威士忌。他只是动手收拾行李,不知道自己是应该高兴还是害怕。一个杀手不应该害怕,事实上,他挺高兴有这样的结果。

他看着目标离开大楼。高个子,穿着一身深蓝色西装,步伐敏捷精准,双手在口袋里握成拳头。又一个目标。只是又一个目标而已。但随后,三个惊喜发生了。

第一个惊喜,是他的目标突然转身走到街上,果断地过了马路。

他本来期待目标去往停车场。但阿尔伯托发现,就好像这么长时间以来,目标第一次有了自己的意愿,决定过马路,就好像马路对面有什么有趣的东西似的。

他用瞄准器跟踪这个穿西装的男人,想在他过完马路,走出视线范围之前,计算出最好的射击时机。

第二个惊喜,是目标在马路中间停了下来。

有一瞬间，他好像打算往回走。阿尔伯托不知道会有什么事可以让人分心到在马路中间停下来沉思。一秒钟之后，他明白了。

他对自己说，马上有一场意外。好极了，只要一秒半就搞定了。目标犹豫了片刻，回头看了一眼，然后又稍作停留了，时间足够阿尔伯托把准星对在他的胸口，把握呼吸的分寸，把枪调整成单发射击模式，把手指搭在扳机上，然后……

这个时候，第三个惊喜来了。

一声短促而尖锐的刹车声后，一辆白色的出租车停在了目标面前。恼火的司机把头伸出窗外叫喊着。穿西装的男人抬手表示歉意，继续慢慢地穿过马路，走出了射击范围。

阿尔伯托的手指仍搭在扳机上，他觉得自己快要窒息了。

什么都没发生。什么都没有。这个时刻，本来应该发生什么的。他感到一阵刺痛，强烈的渴求混杂着自信，还有过去这些时刻中与之相伴的，略显沉重的呼吸。

这个时刻来了又去，但什么都没有发生。

如果他不能控制自己，在剩下的两秒半内杀死目标，那就不会再有机会了。

一切都像是进入了慢动作。

目标就在下方，若有所思地走到马路的另一边。

他的瞄准器追随着目标，直至最终锁定。

局面已经很明朗了，他得杀死一个人——真真切切地杀死对方。而不是像以前一样，等着对方自己死去。杀了他。

准星精准地落在正确的位置。

手指搭在扳机上。决定射击。他的大脑对手指发出的指令，沿着后脖颈一路往下，从肩胛骨处右转，穿过肩膀，像黑色的油脂一样滑下胳膊，抵达指尖，然后，然后，然后……

然后，反抗的手指拒绝执行命令。

目标从视野中消失了。

阿尔伯托·布朗并不真正具备杀人的能力。

他坐在飞机上，看着跑道从身旁的窗口滑过，意识到自己既不高兴，也无所谓害怕。只是感到巨大的解脱。他经受住了一次真正的考验。一个简单的选择。在这之后，北半球最安静和最有效的杀手消失了，他只是一个带着一只仓鼠的普通男人。

这个男人现在要躲起来，改变身份，甚至可能没法在同一个地方待很长时间。这个男人把一支装了子弹的步枪留在楼顶上，由于混杂了沮丧、恐惧和幸福的复杂感受，他对着起飞时刻屏上显示的第一个目的地，买了一张机票。

但，他终于只是一个普通人了。

迈克尔轻轻关上身后的门，小心翼翼地不想吵醒任何人，尽管他知道家里唯一的那个人可能根本就没在睡觉，尽管她躺在床上。

已经很晚了。他没有从办公室直接回家。

过马路到对面的商店买了一点东西后,他感到了一些异样的情绪,与以往全然不同。外面空气凉爽,他走出商店,宛如婴儿第一次呼吸,惊讶莫名,像是刚刚才想起该怎么呼吸,仿佛死过一次,又活了过来。随即他又摇了摇头,看着手里的小包,内心感慨,自己怎么会认为这能改变一切呢。

他轻轻地把公文包靠在门后,轻轻地把钥匙放在门厅桌子上,一只手自动地摸向脖子,准备松开领带,这才想起在他放任双腿和思绪引领自己在街上徘徊时早就把领带解开了。他游荡了好几个小时,一遍又一遍地问自己,到底想干什么,为什么这次就能成功,而不像之前的尝试一样,全部一败涂地。

厨房里还亮着灯,他进去给自己倒了一杯凉水,迅速而果断地踢掉了鞋子,隔着袜子亲昵地感受着地板的凉爽。他站在厨房里,小口喝着玻璃杯里的水,每隔一两秒就停下来喘口气,然后很惊讶地发现,自己实际上很兴奋。

就在不到一小时之前,一切好像又走入了死循环。他结束徘徊,回到办公楼的停车场里,手中的袋子重得拿不住,装满了夸大其词的期望。他几乎是憎恶地把袋子扔进汽车的后备箱,咒骂着自己的天真,咒骂着中个子约翰给他描绘的幻景,也咒骂着整个世界。

在开车回家的路上,他觉得自己慢慢回复正常了。隐忍的感觉再次回到他身上。他对此已习以为常，几乎成了他的第二天性。这就是你的生活，这就是你，认命吧。躺在后备箱里的那本书，不过是对爱情的又一次绝望尝试，但这次他决定把一切努力扼杀在萌芽状态。这完全是浪费时间。既浪费他的，也浪费她的。

他堵在一如既往的晚高峰里，呼吸着汽车空调中熟悉的气味。

收音机里，广播员结结巴巴地说着什么"轻微的混搭……"，然后开始播放一首歌。

迈克尔喝完水，把杯子放在水斗里。

他们一定以为我疯了。一想到这个，他忍不住笑起来。他们怎么能不这么想呢？

想想看，当大家堵成一团，而一个穿西装的高个子却打开车门，伴着收音机开始跳舞、流泪，他们还能怎么想呢？这些歌曲对他而言是情感的特洛伊木马，别人又怎么会知道？这些人不能明白，也无从猜测，她播放这首歌时的眼神，她对他说："现在和我一起跳舞吧！不许说不哦！"

毕竟，他们只是看到有人站在街道中间，车里扬声器的音量大到整辆车都震动起来，而他像个白痴一样转着圈。只因为当时的他认为跳舞就应该是这样的，也因为这能逗她笑。别人怎么会理解呢？

他们没有按喇叭，没有打开车窗户，也没有喊叫。也许他们这么做了，但他什么也不知道。他好像并没有真的置身于此。只是跳舞，不断地跳舞。这几年来，他给自己裹上的层层叠叠的盔甲,都出现龟裂,如同泥泞的绝望所铸就的斗篷,干燥后剥落下来。他闭着眼睛,挥舞双手,把一切有序的思想置之脑后。一曲终了,他停下舞步,回到车里,关上车门,关掉收音机。同样也把任何以"但不可能……"开头的念头拒之门外。

快到家的时候,他的脉搏平缓下来,人也恢复了平静,但此时,后备箱里的书重新生动而真实起来。他特意不去擦掉眼泪,而是任其在脸上风干,留下明显的咸咸的沉淀物,像是战斗在脸颊上留下的疤痕,证明他与自己的灵魂曾经开战,而至少在这次的战斗中,他赢得了胜利。

他慢慢上楼,悄悄地走进卧室。

她躺在床上,背对着他。

他不想带着期望而来。

他来这里并不是想修复她,或者改变她,抑或是解放她。

他才是那个需要改变的人。他准备改变自己。

他回想起那首歌开始播放的时刻。

他坐在床上,背靠床头板,手里拿着那本书。

"你没读过这本书吗?"他记得自己这样问她。

她耸了耸肩。"没错,"她承认,"我总是承诺会去看的,我也知道我必须去看,但不知为什么,机缘巧合,我从来没有碰过这本书。"

"我们得找天来读一下。"

"必须的。"她点了点头。

可能她已经睡了，也可能没有。

可能她会听，也可能不会。

没关系。他没有期待奇迹，抑或戏剧性的改变。他准备慢慢来。然后他打开了书。

"在克里斯托弗·罗宾身后，爱德华·贝尔后脑勺着地，正乒乒乓乓跌下楼来。"他开始大声朗读。

他会一直读下去，直到读完，或者直到他睡着。

他注意到她的呼吸有些微变化，他知道她在听。当他读完这本书，第一缕天光照进房间，空气中的微小灰尘犹如星点般缓慢移动。他把书放在床边，让自己睡一两个小时。几个月后他仍然记得这个时刻，尽管她睡熟了，脸色仍然黯淡，但这张脸却已经转向了他。

26

刚开始跑的一百码,盖伊感觉到的全是愤怒。接下来的一百码,是恐惧、紧迫随之而来。而现在,他只想赶快去做正确的事。

他在街上狂奔,胸膛剧烈起伏着,大步流星,脑子里计算着路线。

他了解这个城市,他太熟悉了。他现在根本不需要在墙上画任何东西,而是在脑海中俯瞰整个城市。交通以复杂的模式运转,人们在街上匆匆赶路,城市有着自己的呼吸方式。就好像有人调了一下焦,然后,一切都变得清晰锐利了。

他不是刚刚才熟悉这个城市的状况。但现在他才发现,自己实际上可以在脑子里完成所有的计算。他不需要笔记本、墙壁或者任何东西。奔跑在街上,他能确切地知道每一个行人出现在他面前的时点以及他们的去向。他能看到公交车行驶的路线,计算出车辆停靠在公交车站的时机,以及撞到迈克尔那犹豫不决的身体时所需的精确速度。他已经不再是二级巧合制造师了。他看到了这一切,看到了城市的全貌。

而他是其中的一部分,是等式的一部分。

他做了太久的旁观者。

作为旁观者,他置身其中,指引方向,仔细检查,多重确认,精密测量,把这往右移半英寸,把那往左挪半英寸,但始终都只是个旁观者。一个渺小而自律的士兵,移山挪海,而支点却从未真正掌握在他手里。

就像那杯从桌子上掉下来的咖啡一样,他只是一个工具。因为害怕表达自己的观点,所以一切都试图不偏不倚。他担心,总有一天自己会猛然踩下刹车,把车停在路边,陷入沉思:"也许……?"

而这次他会阻止公交车。他将单枪匹马来创造一个新的巧合。一个更好的、更正确的巧合。他将不再是一个杀人的屠夫,而是一个救人的外科医生。因为一直以来,他以为自己在制造巧合,实际上只不过是链条上的一环而已。

当他想起皮埃尔上车前眼中的轻蔑,愤怒又一次席卷了他。但那个小杂种是对的。他总是选择被动。即使他做了最主动的事,这些事也与他无关。没错,他的行动为周围注满了活力,但他仍然是被动的。

所以现在,他开始采取行动了。

而这次他甚至没什么可失去的。

这样的事在他身上只发生过一次,只有那么一次。

他记得清清楚楚。那时的他,是一个被单独监禁的绝望囚徒所想象出的幻想朋友,牢房狭窄又令人窒息。他在黑暗的牢房里坐在他身边,大部分时间都沉默不语,偶尔哼一首歌给他听。他看着对方默不作声地吃着发臭的食物，躺在角落里冷得发抖，跪在呕吐物里努力恢复神志。但他不能违背想象出他的人，做任何他们不让他做的事。每隔一段时间，一只老鼠就会来到牢房，嗅来嗅去，然后消失，在那个时刻盖伊觉得囚犯停止想象他，而是把所有的注意力和爱意都转移到老鼠身上。偶尔，还能听到远处汽车喇叭的声音，有时甚至还有嘶哑的鸟叫声。老鼠、鸟，这些都足以使对方放弃他，强烈地渴望那些外面的东西。

"我觉得他马上要不行了，"在与卡桑德拉的最后一次谈话中，他这样告诉她，"我想他要放弃。"

"你怎么知道的？"她问。

"他不再想象我哼歌。他想象我只是出于习惯而已，并不是真的希望我在那儿。就好像他只是同意我待在那儿而已。"

当囚犯再次想象出他，盖伊看到他正准备赴死。

他把盖着脏床垫的布条剪下来，准备了一个牢固的套索。盖伊出现在他面前时，看到他站在角落里的马桶上，脖子上的绳子已经收紧了。

"就这样吧，"囚犯说，"我再也没有力气了。我要去找她。至少在那儿，我们可以在一起，我不会孤单。"

盖伊本该说："安静地去吧，她在等你。"

他本该说这话。

这是囚犯想象他应该说的。

但他却说："不。"然后看到囚犯震惊地瞪大了眼。

在囚犯断定自己疯了，并且恐惧地把他从自己的想象中抹去之前，盖伊只有几秒钟时间。他跳起来，把套索从囚犯脖子上扯开。囚犯的大脑本能地拒绝了他。消失之前，他仍然对囚犯说了句："生活中还是有很多期待的。"然后，他消失了。

他不记得接受审判或被训斥，但他自此被剥夺了几年存在的权利，他甚至不知道过去了多少年。

当他重新成为幻想朋友的时候，那个曾经坐在卡桑德拉附近的长椅上想象着他的男孩已经长大了。他再也没有遇到过她。他担心的不是自己的不辞而别，也不是卡桑德拉一次又一次地带着小姑娘坐在这儿，发现他再也不来了。他真正恐惧的，是另一个幻想朋友占据了他的位置。

那是他存在的一生中唯一一次的挑战。那一刻他是主动的。而作为一个巧合制造师，他却从来没有机会去承担超越工具范畴的职责，这难道不令人惊讶吗？

盖伊迅速向右转。

他回来了。

他。无关物理意义上的这个身体，无关他的工作职责，也无关他轻率的举动。而单单是他，再次回到了这里。

他将会让公交车在下一个转弯后停在这里，距离原先设想要撞上迈克尔的地点还有三个街区。他会打乱皮埃尔精密计算过的时间表，制造一个新的巧合，让阿尔伯托成为需要成为的那类人，而不需要杀害本不必要死去的任何人。他能做到的。

他的脑海中出现了公交车应该去的地方。这辆车行驶的距离一定比盖伊跑过的路线略长一些。盖伊对市内公交线路了如指掌，这辆车的路线相当长。

他冲到马路中间，才突然意识到自己的身体有多么不适合干这个——这次狂奔让他措手不及。而就在这里，他跳到按计划抵达的公交车前。在这里，他挥舞着双手，想喊"停下"，却发现自己的呼吸短促，叫喊声几不可闻。

而也是在这里，公交车并没有减速。司机脸上的表情显示出他根本没在看路，而是回头看了一眼刚才问他话的人。

就在此时，当盖伊认出了这个问话的人，突如其来的恐惧在他的内心翻涌。这个人并没有看司机，他的提问也不是为了得到回答。他只是直直地盯着前方，看着盖伊，对上了他的眼神，而公交车继续行驶，撞上了盖伊的身体。

27

航班信息在电子显示屏上闪烁。

其中有三班将在几分钟内离开。但无论如何努力，他认不出上面写着什么，目的地又是哪里。

盖伊坐在机场中心的金属长椅上。他确信那里还有其他人。毕竟，他听到一阵骚动，看见左右都有人影经过。然而，心里一个声音告诉他，这些人只是背景的一部分，他实际上是独自一人。

在他对死亡的所有想象中，从没出现过机场免税店。但事实证明，现实和想象有所不同。

在他对面，大厅的另一端，是一排办理登机手续的柜台，只开放了其中一个。一个胖乎乎的地勤人员，秃头在灯光下微微发光，正坐在那里，嘴里咬着铅笔，显然是在解字谜。周围人群骚动，手里都拿着手提箱一类的物品，却没人走近柜台。那个胖胖的地勤人员就坐在那儿，全神贯注地解字谜。

盖伊检查了下自己的身体。不，他似乎没有受到特别的打击，看上去很完整。显然，他那具被碾碎的身体留在了街上。他是否该对此无动于衷呢？

天哪，为什么会是一个机场？

这有点奇怪。他一直觉得，当生命结束后，你也将不复存在，而不是又有新的问题摆在你面前。事实证明，生命充满了惊喜。死亡也一样。一只棕色的小手提箱正躺在他脚边。他提起箱子，掂了掂重量，惊奇地发现它的重量并不稳定，忽重忽轻。他把箱子放在膝盖上打开。

箱子里是他的生活。

不知怎的，手提箱里装的比他想象的还要多。某个时刻，他发现自己的双手甚至肩膀全部都钻进了箱子里，到处摸索着什么。这在物理上有点问题，他想，但又有什么关系呢？他摸出了各种物品、信件和照片，迅速地翻看着。

第一个想象出他的孩子的脸庞，他最爱的乳酪蛋糕的味道，第一次入睡的时刻（这是他第一次知道原来自己还能睡觉），埃里克的短促而恼人的笑声，树叶在脚下噼啪作响的声音，肌肉拉伤时的猛烈疼痛，镜子里中个子约翰不断变幻的脸，以及卡桑德拉的笑声。

他往手提箱的深处继续摸索。假如他的整个人生都在这里面，那么"那一刻"应该也在。到底在哪呢？

最后，他终于在一个角落里找到了，就放在第一次晨跑的记忆下面。环形的、亮闪闪的记忆。他把它举到灯下，细细看着。

冬天里，风雪嘶吼，寒冷刺骨。他站在一片冰封的荒原之中，身处贫瘠可怕的悬崖边上。在这里，你连两英寸开外的东西都看不见，指尖开始失去知觉，脚上的鞋也不够保暖。身后，狼群的黑色轮廓隐约可见,正朝着他们两人嘶吼。卡桑德拉在他身边,但他无法看清。悬崖开始崩塌,他听到她说:"好了,我准备好回去了。"

他想象着她,她也想象着他。他们又一次回到了公园里,而她正跟他说着这句话。

他把回忆转向光的方向,这样能够更完整、更清晰地感受它。

"所以传言是真的。如果合适的人在你身边,你就会有归属感。"

他坐在那儿,审视着塑造了自己一生的回忆,直到突然觉得周围有些怪异。他抬起头,发现了原因。他独自一人,四周寂静填满了空旷的机场,唯一在动的只有另一头地勤人员的脑袋。他把手提箱里的东西都放回去,合上箱子。是时候搞清楚到底怎么回事了。

地勤人员说了句:"稍等。"盖伊站在他面前,手提箱放在两腿之间。

他继续咬着铅笔,随后才抬头看向盖伊。

"也许你能帮我个忙,"他说,"我该给你什么?八个字母,以'E'开头。"

"什么?"盖伊不明所以。

"我应该给你一些东西的,"地勤人员挠了挠头,"但我总是时机不到就想不起来。如果你仅仅只是一个念头,就很难提前规划。很难超越'现在'去规划未来。"

"所以你仅仅只是一个'念头'？"盖伊问。

"当然了，"地勤人员说，"你不会真的认为死亡是一个飞机场吧，是不是？我是你此刻创造出来的东西。"

"真的吗？"盖伊斜了他一眼。

"是真的。你们每个人都给我这么个模样。每次我都得一遍一遍地解释。"

"恐怕我这是第一次死，"盖伊说，"而且，你还没给我解释呢。"

"不，不单是你，"地勤人员说，"而是给每个经过这里的人。再说，你并不是真的死了。"

"难道不是？"

"不，至少要等到你登上航班。按官方说法，你现在还没死。"

"世上一切都有程序吗？"盖伊疑惑地问。

"被你这么一问，听起来像是件坏事，"地勤人员补充了句，"信封。"

"什么？"盖伊问。

"八个字母，以'E'开头[1]。我想起来了。"地勤人员说着掏出一个长长的白色信封。"很显然，我现在应该把这个给你。"

盖伊从他手里接过了信封。

"这是死亡手册还是什么？"他问。

"不，不，"地勤人员回答，"刚才在这里的一个人留下来给

---

[1] 英文为 envelope。

你的。"

盖伊惊讶地歪了歪头:"给我的?"

"是的,"地勤人员面带微笑,嘴里还含着铅笔,"如果你愿意,可以坐在这儿读它。然后我们带走你的箱子,领你上飞机。"

"这个箱子……"盖伊问。

"你所有的记忆。"地勤人员回答。

"我带着它们走?"盖伊问。

"并不,"地勤人员说,"你当然得把它留下给我。"

"然后呢?"

"然后我们会丢了它。"

"丢了?"

"是的。"

"那就是说,你们故意弄丢它?"

"当然不是!我们会不小心弄丢它。这也是常有的。就是这么安排的。"

"什么安排?"

"关于开始活着。"

盖伊有点困惑。

"我想你说过,我一旦登机就是死了?"

"但之后你会下飞机。"地勤人员理所当然地说。

"然后呢?"

"当你登上飞机,你完成了作为巧合制造师的人生;而当你离开飞机，你将作为一个普通人开始新的生活。"

"一个普通人？"盖伊有点紧张。

"是的，普通人。"对方回复。

"你是指真实的人？一个人类，一个凡人，一个巧合制造的客户，诸如此类？"

"是的，是的。"对方仍然很有耐心。

"所有巧合制造师都会经过这个机场，然后作为人类出生吗？"

"你现在是问到点子上了，"地勤人员边说边挠了下背，"总体而言，既是也不是。"

"什么意思？"

"不是所有的巧合制造师都会经过机场。只有你。因为这是你选择的体验。但是，是的，巧合制造师之后的阶段是人类。"

"再之后呢？"盖伊问。

"别那么心急，"地勤人员回答，"或者换句话说，我也不知道。"

"好吧，"盖伊开始充满了新的希望，"那我就把手提箱带上飞机吧。"

"这个信封……"地勤人员提醒他，"也许你该先读一下里面的内容。"

"我可以在飞机上读。"盖伊回答。

"不，不，不，"地勤人员告诉他，"你不能携带任何东西上机。你得把信封和你的其他记忆一起放在箱子里，然后所有的东西都会一起丢失的。"

"但我刚刚才收到,"盖伊争辩,"确切地说,这并不算是我生活的记忆。"

"从程序的角度讲,算是。"地勤人员指了下候机处,"你可以坐在那儿看。飞机不会撇下你就自己起飞的,别担心。"

"好吧。"盖伊转身走开。

"如果你碰巧想到六个字母的词,意思是'嘴里的味道',告诉我一下。"地勤人员在他身后喊道。

盖伊回到自己的位置,坐在手提箱旁边。

他颇感意外地感到非常平静。成为一个人类,他肯定会接受的。为此他可以放弃自己的记忆。

他会认真阅读这个信封里的新程序,让自己做好准备,也许再喝点什么(如果他能通过想象创造出一个机场,他当然也可以创建一台汽水机),然后朝新生活迈进。这是他的第三条命。总的来说,一切都在变好,对吧?这一次,他会做出更好的选择。

白色信封上没有邮票和地址。只有小小的字母写着他的名字。

当他打开信封,取出那一叠纸时,他惊讶地发现自己认出了上面的笔迹,读着这封信时,他的心开始往下沉。

28

亲爱的盖伊：

该从何说起呢？

很明显，这世上有两种人。

有一种人，过着自己的生活，专注于当下该做什么。如果爱情来临，他微笑着迎接，但却并不会为爱痴狂。没有爱没什么大不了的，有也不错。

第二种人，也就是我这种，永远都在等待一场命运的邂逅，等待有人能够走进自己的心房，不再渴望。我们从细微之处寻找意义——敲门的声音，在人行道上擦肩而过的陌生人，微笑的服务员——所有这些都是讯号，必须好好检视一番。谁知道呢，也许突然间有人会填补我们心灵的空虚，就像一个幼儿把三角形的积木放进三角形的洞里，或者把方形的积木放进方孔里一样契合。

所以，在课程开始的那个公园里，虽然我们才刚刚见面，但你说你曾经是个幻想朋友，这足以在我脑海中拉响了警报。大概两个星期后，一些问题，一些解释，诸事都逐渐清晰了。你过去的经历，你用过的词汇，一切都很吻合。当你第一次提到"卡桑德拉"，所有的事都天衣无缝地对上了——仿佛圆形的积木放进了圆孔。

而我——我只能保持静默。

很长一段时间里,我问自己:我到底是从什么时候开始意识到自己爱上了你?在某一个时点之前,你只是喜欢一个人,而在那个时点之后,这个人成为你的宇宙中心,这个具体的点究竟是在哪?

这就像是你想抓住睡着的那一刻一样。你躺在床上,努力保持清醒,但又不想太过清醒,想找到你进入梦乡的那一刻,发现时却为时已晚,你已经身处其中了。

为何发生,何时发生,我对此一无所知。

但至少现在,我知道一切并没有过去。你被困在我的心房门外,永远无法进入,我现在对你的爱意和你想象的爱意之间,隔着一道无形的荆棘,而有些事永远无法发生。我早该知道。

好吧。我有点啰嗦。那让我们从头开始说吧。

我的第一段记忆是坐在柔软的沙发上,一个有着绿色眼睛的八岁女孩倚着我的肩膀,等待我抚摸她的头发。我有着不同的名字,不同的外表,但那时的我已完全是我。后来,在好长的一段时间里,我每天都抚摸她的头发。

当她头发逐渐稀薄,我抚摸着她的头发,当它完全消失,我抚摸着她光秃秃的头顶,当她恢复了健康,新头发刚开始长出来,我抚摸着她美妙的刺头。当她不再需要我的抚摸时,我从她的生命中消失了。

你理解这种感受。

是的，我也曾经是一个幻想朋友。

刚开始的时候，我也喜欢这样的每一刻。

男女性的幻想朋友显然是不一样的。作为女性，别人往往需要我们更温柔，更慷慨，也更善解人意。我喜欢这样温柔的付出，以此来治愈别人无法触及的伤口。

起初，我主要是陪伴孩子们，就像你一样。我给予他们力量和支持，说一些正能量的话。后来，出乎我意料，一切有所不同了。

年复一年，我发现自己越来越多地被青少年和成人所想象。还有男人。他们不再需要我抚摸他们的头。他们要得更多。他们中的一些人在寻求人类的温暖，一些人想要力量感，一些人渴望温柔，也有一些人追求扭曲和丑陋，而他们都没有在现实生活中获得这些，所以他们想象出了我。

随着时间的流逝，我感到越来越习惯。我拥抱那些想让我成为朋友的孩子，我从那些在我身上练习初恋的青少年中得到安慰，但我越来越不希望自己只是一个幻想。

你明白的，开始的时候，我有着宏大的计划。我想要调动体内所有力量，去改变，去支持，去站在需要我的人身边。但慢慢地，我发现他们中的大多数甚至都不需要我。他们只想让我成为塑料娃娃，只想看到他们强迫我戴上的面具。

改变？支持？只要美美的，让我们随心所欲来想象就行。没有人愿意按我自己的样子想象我，我不明白是为什么。有我还不够吗？

当你以这种方式被想象时，你会认识到世界的运作与你预期的略有不同。这种运作方式下，讲究的是"我必须拥有更多"，而不是"刚刚是我所需要的"。我能给予的，没有人愿意要。

即使是世界上最温柔和最孤独的人，也不会把我想象成一个人类，而仅仅是一种帮助他们自我激励的东西。他们中的大多数甚至不称呼我的名字，有些人按杂志上模特儿的样子来打扮我，有些人从看过的电影中给我取俗气的名字。只有孩子们有时会让我自我介绍，并称呼我的名字。

当他们让我自我介绍时，我会说自己叫卡桑德拉。

而那些男人，他们从来没有爱过我。

贪恋，可能吧。渴望，一定有。需要，也毫无疑问。但再无其他。爱一个说自己想说的话、知悉自己每一个隐藏想法的人，这并不现实。我只是他们的延伸罢了，那算是什么样的爱？爱源于两个人之间的摩擦。像火柴，像溜冰鞋，像流星划过夜空的光芒，我们需要摩擦才能让生活继续。

我想找到规则中的漏洞。小小的漏洞，会让我所做的事情少点虚无感，让自己不止是个幻想朋友，更不是一个有着茫然脸庞的玩偶。我研究了与幻想朋友相关的所有规章制度，发现有些时候，只要不完全与我的想象者相冲突，即便他们没有直接想象，我也可以说一些话语或者做一些事情。这样一来，在非常特殊的情况下，我可以在想象者没有意愿的情况下，如自己所愿结束一个"碰面"。但又怎么样呢，我几乎不可能直接说"不"然后立马消失。

我发现一些不相关的小规则。例如,每一个幻想朋友可以提交一份申请,成为一个特定的想象者的"永远的朋友",只有这个想象者可以想象出你。但我没有任何人可请求。

然后,我遇到了你。

一片废墟中闪亮如钻石的幻想朋友。

这样的几率能有多少?告诉我,有多少?

我清楚地记得我们第一次见面的情景。你离开后,我在那儿待了将近一刻钟,我的小可爱纳塔莉心不在焉地想象着我,坐在我身边,而我浑身颤抖。

一个我能交谈的人,一个能理解我正在经历什么的人,一个我可以倾吐心声、可以稍作依靠、可以给我归属感、可以分享共同语言的同类。即便在最浪漫的梦境里,我也没曾奢想自己会找到另一个可以成为朋友的幻想朋友。

最后,结果证明,你不只是一个朋友而已。

一切是怎么发生的?究竟是什么吸引了我?我不知道。

你要开口说自己没把握的事之前眉毛微扬的脆弱时刻;你一方面坚守立场,另一方面又竭力希望讨人喜欢的个性;你难以捉摸又平易近人的气息;你对想象你出来的孩子的说话方式;你在遇到的每一件事上都寻找意义的热情。

你难得一见的微笑,有点生硬,但仍然迷人。

还有你的笑声。

当你因为我的话而笑起来时,你的整个身体都苏醒过来,就好像刚刚开始生活，而在此之前的一切都只是彩排一样。你想用尴尬的咳嗽来掩饰不由自主的小小雀跃，徒劳地试图保持严肃，可惜没有成功，最后，这份来自内心的甜蜜雷鸣般迸发出来，立刻把你变成我眼前的一个孩子。我是多么喜欢那笑声。

而你就随着笑声深深刻入我的心里，不费吹灰之力。

也许这就是你把我放在心上的方式。

有一个人，后退一小步以给我信心，让我看到他是站在我这边的，无声地告诉我，来吧，为了你，我在这里清理出一个角落给你，你想放什么都可以。突然间，我不再固守在我自己的小领地里，不再超然物外。不再有塑料的外壳，也不再有闪亮的面具。

每次我们相遇，我都确信会是最后一次。

我的想象者，纳塔莉，不再和我说太多的话，看来我们两个的缘分快要结束了。你不知道，要说服她每天下楼去公园玩，是多么不容易。

而每次当我们走到长椅那边，发现你也在，我都觉得自己有一种羞涩的热情。我从来没想到能把这两种对立的情绪融合在一起，但确实如此。我真是个傻瓜。

当我们开始想象彼此时，一切都清楚了。我深深地陷入了爱情之中。

当我申请你成为我唯一的想象者时，我内心从未如此坚定。这就是爱吗？你选择了一个人，并且接受他现成的样子？你为了他而做出内心的改变？也许吧。

一切很简单：这一刻我们坐在长椅上交谈，而下一刻，你需要回应另一个想象者的呼唤，大笑到一半就消失不见。我很笃定，不希望除了你以外的任何人出现在我的生命里。而提交申请是实现这一目标的唯一途径。

我提交了申请，而且得到了批准。从那一刻开始，纳塔莉不再想象我。只有你可以。

这可以说是我的"文艺复兴"，短暂而愉快。你选择想象我坐在你身边，而不是利用我，不是要我去说那些你希望听我说出的话，不需我做其他任何事情，只是让我做自己，展现我真实的一面，每每这个时候，我都会爆发出幸福的喜悦。有几个幻想朋友能享受这样的自由？

但这段时光是如此短暂。你打破规则，跟你的想象者说了一些不能说的话，你从我的生命中消失了。我们都在等待对方，彼此都不复存在。没有人想象你，也没有人想象我。时光停止了。但当你回来后，你并不相信我还在等你，你再也没有想象过我。你就这样放弃了。这么快。我的小懒骨头啊。

后来我了解了一些发生在你身上的事，现在我明白了一切。但回到那天，当我结束了幻想朋友的身份后，我突然发现自己坐在了公园的长椅上，正开始扮演一个新的角色。

你能想象这种感觉。想想看，你已经失去了一切，想要另辟蹊径，然后遇见一个人，过了一会儿，这个人说他也曾是个幻想朋友。

你说这话的时候，我想喊我也是，但我说不出口。这些话卡在我的喉咙里，像灰尘一样模糊，我不明白为什么。

后来我才明白。就像闪电两次击中同一地点，你就是两次俘虏了我的那个人。在课程的第一天，我就遇到了人生最大的巧合，但我无能为力。

你明白的，因为你是我的法定想象者，我不能透露自己的身份。慢慢了解你是谁，听你讲那些我了如指掌的往事，听你谈论你的"卡桑德拉"，逃避你所有的关于我过去的问题，这一切都让人沮丧无比。

再次爱上你，再次因你而失望。

我提出申请，发出一份官方请求，希望得到特殊批准，能把我的身份告诉你。

我总共提了三次请求。我在夜里填写长长的表格，想争辩这有多么不合理。将军把反馈装在小小的白色信封里给我。那也是我仅有的看到他表达情绪的时刻。

"我很抱歉。"他说。

当然，他们并没有批准。官方上，我是你想象出来的。但你并不是我想象出来的。事实就是如此。

但我也尝试过其他方法。我真心认为会奏效。我们曾经心意相通。你曾经爱过我。你可以再爱我一次，对吧？

毕竟，我们曾经建立起关系，一点一滴的信任。一切应该可以再发生的。自然而然。

但事与愿违。我现在才明白，从我让你想象我的那一刻开始，你我已经不可能再在现实中在一起。因为你已经不再渴求我。你甚至不再渴求爱。你只是陷在回忆中,用我已不复存在的那一部分建造着空中楼阁。

事实上,如果有一天我说"我是卡桑德拉"——当然我没能做到这一点,但姑且这么假设——这会改变你对我的感觉吗?如果改变的话,难道这不意味着,你的这种感觉只不过是对于我的回忆产生的自我说服吗?

而我又算是什么呢?

但你曾经爱过我。你爱过我,我,我。为什么现在的我就不行呢?因为我不是你想象出来的?为什么你会变成我曾经想逃离的那种人,想要"更多",而不是"刚好"?就因为当下的我是真实的存在?就因为我一直在这儿,而不是刚好在合适的时刻进入你的生活?

为什么会这样?

你曾是我用以逃离的出口。一个和我一样的幻想朋友,明白一直扮演另一个角色的空虚和诱惑。

然后,当我成为真实的存在以后,你就不想要我了?

我该怎么想?

让我告诉你吧。我觉得一切都是谎言,今天也和当时一样,并无区别。我本来的样子不值得为人所爱。

昨天晚上,我明白了一切。我终于明白。

你并不在这里。你从来没有真正在我身边。

你只是和一个想象中的女人相爱。你不允许自己为了一个现实存在的人放弃她，即便她们其实是同一个人。

直到今天，我仍然几乎每夜梦见你。

在梦里，我发现自己在陌生的地方呆若木鸡，而你在我的身后。那里可能是沙漠的中央或是云端之上，也可能是一条长长的隧道，亦可能是成千上万的其他地方。我总是能感知到，你就站在我身后。每一次，我转向你，缓慢而艰难，仿佛一群奔马往相反的方向拉我。当我终于转过身的时候，总是看到你仍旧站在那里，背对着我。

当我想呼唤你的时候，你就消失了。

这是梦。老实说，也是现实。

昨夜，我没有梦到你。我放开了你。

我将继续往前，迎接新的角色，不管未来到底如何。

我希望你在回忆和想象里得到幸福，也希望有一天，有人能打破你为自己设下的咒语。为了你。

我心依旧，
你的，
永远的，
可能已经不再是了的，
艾米丽

29

埃里克坐在盖伊床边。

他用不着再等多久了。他想知道盖伊选了哪个中转站。火车站？公交车站？听说有些人是通过电影院来中转的。这些事情很难预测。

床边的设备监测着盖伊的心跳，埃里克全神贯注地看着小屏幕里颤抖的线条，默默地开始倒计时。

这设备不错，几乎可以说很有诗意。简洁的线条表达出简单的意思：如果没有起起落落，你就算是死了。

有仪器还是方便多了。处理艾米丽的时候，想确定她心跳停止的那一刻要比现在困难得多。但在这里，仪器发出轻柔的哔哔声，分担了他的一部分工作。可怜的艾米丽，她倒在地上的前一刻，他冲过去将手伸向她心脏的前一刻，看到他站在门口，心里是多么害怕。

"医生并不知道你要死了，"他轻声对盖伊说，"在你之前，他们已经不眠不休工作了三十六个小时，没发觉你有内伤也很正常。"

盖伊一动不动。

"你知道的，我总是惊讶地发现这一切是多么容易，"埃里克说，"只是愿意投入多少时间和耐心的问题。人们习惯把因果看作是直接相关的。如果你跳出来，以更长远的时间范畴来看待的话，很多事就更加容易理解。"

仪器继续发出哔哔声,似乎在表示赞同。

"很高兴认识你,"埃里克说,"你该知道,只要你自己愿意,你会是个相当有趣的家伙。"

他沉默了一会儿,似乎在斟酌什么。

"只要你愿意。"他重复了一遍。

他稍微往前屈身,坐得更舒服些。他的双肘搁在膝盖上,指尖相对。

"希望你发现真相的时候不会生气。如果你能发现的话。"他歪着头想了想。"说句实话,我不觉得你真能发现真相。但我还是想说,我很喜欢你。你是我最喜欢的人之一。我喜欢那些缺乏自信而毫不自知的人。在一定程度上,就好像一个美丽的女人对自己的美丽毫不自知一样。你对自身的盲点让你更加有趣。"

很快,他需要做好准备,在适当的时候伸出手来。

"我告诉护士我是你的哥哥。"他说,"希望你不要介意。我不知道为什么她相信这个说法,我们其实长得一点都不像。事实上,人们只在别人身上看到他们想要看到的东西。有一张足够忧虑的脸,他们就认为你们是一家子,即便你们并不相像。"

"另一方面,我不得不为你改变我的外貌。毕竟,你知道我有多讨厌小胡子。它们总是让人发痒,而且很丑。我一直觉得这世界上之所以会有胡子,完全是因为有人没镜子可照而忘了刮胡子。但是,当你为自己选择像皮埃尔这样的名字时,小胡子几乎成为一种标配,不是吗?"

盖伊并没有回应。

"旅途愉快，哥们儿，"埃里克温柔地说，"不管你选择了什么方式。"

监护仪上出现了盖伊的最后一次心跳。埃里克伸出了手。

近在咫尺，同时远在天边的盖伊正把信折起来，面无表情地坐着，双臂垂在面前。

他抬起头，发现机场完全空了。只有秃头的地勤人员坐在大厅的另一端，好奇地看着他。

他低头一看，那个小手提箱正目不转睛、充满希望地盯着他。开始读信时仅存的那点点力气，现在已荡然无存。让一切见鬼去吧。

他慢慢地站起来，一只手拿着信封和折好的信，另一只手拎着手提箱，朝值机柜台走去。地勤人员仍然盯着他。

这段他曾经快速走过的路，现在却似乎无穷无尽。他慢吞吞地向前走着。他不在乎。最后，他走到柜台前，放下手提箱。

"我想要张机票，谢谢。"他用平淡的声音说。

地勤人员仿佛从沉睡中醒来。"太好了，没问题，"他一边说，一边低头看着面前的屏幕，快速地打着字。"你想没想我的问题？"他满怀希望地问道。

"什么？"盖伊问。

"嘴巴里的味道。"地勤人员边打字边说，"六个字母。"

"我不知道，抱歉。"盖伊说。

"没关系。"地勤人员说。

他还在飞快地打字。

盖伊想了一会儿。"苦涩[1]。"

地勤人员疑惑地看了看他,然后兴奋地扬起眉毛。"对!对!刚好符合第十二列的'B'。"他说道,"干得好!"

"乐意效劳。"盖伊没好气地说。

地勤人员并不在意。"请把箱子放到传送带上。"他说。

盖伊按要求做了。

"还有装了信的信封。"地勤人员补充了句。

"我……我想留着。如果可以的话。"盖伊说。

地勤人员遗憾地摇了摇头。"很不幸,不可以。"

"这是我仅存的……"

"你不能带着前世的回忆,"地勤人员说,"这是第二条规则。第一条规则是不能在公共场所小便,第二条规则,是不能带着上一段生命的回忆。"

盖伊沮丧地看着他。

"呃,看起来我不擅长开玩笑,"地勤人员说,"抱歉。"他指着手提箱,"请把信放进去。"

盖伊打开手提箱,最后看了一眼。

有些回忆现在靠得更近了。关于卡桑德拉的回忆和关于艾米丽的回忆挤在一起,像远方的亲人重逢……

"我有点东西得再看看。"盖伊说。

---

[1] 英文为 bitter。

他翻遍了混杂在一起的各种回忆，直到发现自己想要找的。他慢慢地站起身来，两只手上各拿着一段回忆，分别是卡桑德拉的和艾米丽的笑。

　　他把它们举到灯下仔细查看，一手一个，两个笑容滚动着，闪耀着，在他手里快速旋转着。光线穿透它们，落在他脸上。它们简直一模一样。他怎么会没发现呢？怎么会？

　　他把它们放回手提箱里。它们急忙互相靠近，彼此拥抱，咯咯地笑起来。

　　有好几次，他看着手里拿着的信封，一言不发。他看了看地勤人员，对方又一次示意他把信放进手提箱里。

　　他弯下腰，把信封放进手提箱，信封盖住了有关艾米丽和卡桑德拉的一些回忆，然后他关上箱子，锁好。

　　"也没那么难，是不是？"地勤人员微笑着，把机票递给他。

　　传送带开始移动，手提箱逐渐远去，直到最后消失在航站楼后面的小小开口里。

　　"就这样，"盖伊平静地说，"我作为巧合制造师的生命结束了，而作为一个人类的生命开始了。"

　　地勤人员漫不经心地敲打着键盘。"嗯，好吧，但那不完全确切。"他说。

　　"什么？"盖伊问。

　　"也许不是每个巧合制造师都是人类，但每个人类都是巧合制造师，"地勤人员说，"你在课程上没学过吗？"

　　"很明显我们并没有学太多东西。"盖伊微笑道。

"哦，微笑！"地勤人员欢呼起来，"我还以为你不会再笑了呢。"他同样报以微笑。"请走1号登机口。"他示意。"旅途愉快！"

"谢谢。"

他转身走开，仍旧面带微笑，但原因却并不是地勤人员所想的那样。

他的小手提箱正在前往遗失的路上，里面装着迄今为止发生的一切，包括一个写着他名字的长长的白色信封。

但信件本身，就塞在他的衬衫下，紧挨着他的心脏。

"这有点像魔术师。你让观众盯住一处，然后在其他地方做别的。"

他弯腰把信封放进手提箱的时候，特地在地勤人员面前晃了一下，然后小心翼翼地把叠好的信纸塞在了自己的衣服下面。这可能是他面目模糊的一生中，最迅速、最流利、最有决断力的时刻。他甚至觉得，他的一生可能都只是在为这一刻做准备。当他再次直起身看着地勤人员，他意识到他已经成功了，因为对方并没有注意到。

于是，带着来自艾米丽的信件，带着他未来才会明白的笑意，他挺直了腰杆往前走，手里攥着飞机票，走进1号登机口。他为自己的小小反抗感到兴奋，这是他旧生涯中的最后一次反抗。

"如果哪天你在街上走的时候，被一架从天而降的白色大钢琴砸到失忆，你一定要记得一件事。"将军说，"你可以忘记自己的名字，可以忘记太阳系中星球的名称和人造黄油的成分，但请记住：世界上有两种人，一种在每一次选择中看到所得，另一种则在每一次选择中都看到需要做出的让步。"

"人是自由的,但大家总是忘记这一点。人们的希望各有不同,恐惧也各有不同。有些人自我警惕,如果他们选择X,那么Y就会发生在他们身上;有人自我说服,为什么可以为了Y放弃X。表面上看是一回事,是差不多的决定,但是验证可能性和映射障碍之间总是有一些区别。勇气确实重要,人们不明白到底是什么才构成了勇气。每一次选择都需要放弃一些东西,而做出牺牲的勇气取决于你希望的程度。因为说到底,你不可能总是做出正确的选择,偶尔你会搞砸,其实还不只是偶尔。"

"这两者之间的区别很简单:快乐的人从他们的生活中看到一系列的选择。悲观的人看到的只是牺牲。在你制造巧合时,在采取每一个行动之前,你必须确认对象是哪个类型的人——是满怀希望的,还是心怀恐惧。他们看起来很相似,但其实截然不同。"

埃里克离开医院,平静地走在街上。

在楼上,一位医生刚宣布了盖伊的死讯。

埃里克得到了他想要的。

在他的口袋里,温暖而亮闪闪的,是盖伊最后的心跳。他还有足够的时间,走上人行横道之前可以先迅速地来杯咖啡。

可能还可以吃一块蛋糕。

他可以自己决定到达的时间。

算是一点点自发性,不是吗?

30

每一个开始之前都还有一个开始。

这是第一条规则。

当然,也就是说这条规则之前还有另一条规则。但那是另外一回事了。

生命是从何开始的呢?

是婴儿的小脑袋冒出来算作他到这个世界的时候?或者是他的整个身体出来才算?

或者更晚一些,当他说出第一个字,自己把自己看作人类?

或者更早一些,精子和卵子相遇的那一刻?

每一个开始之前都还有一个开始。生命是持续的过程,而不是一个特定的事件。

但有一点说不通。

关于第一次心跳。

第一次心跳带来了第二次,第二次带来了第三次,但,是什么带来了第一次心跳呢?

根据医生的说法,这发生在胎儿发育第五周的时候。对于原因有各种各样的解释，但是这些解释并没说到点上。第一次心跳仍然需要诱因。

因此，由第一定律之前的定律驱动，另一种类型的人正漫步于世界各地。他们不像幻想朋友那样透明，但也不像巧合制造师那样实际存在。他们是有形的，也是无形的；是存在的，也是不存在的；他们是想象出来的，也是真实的。他们漫步于我们之中。

有时候，他们会站在孕妇身边，悄悄伸出一只手，在恰当的时机用两根手指偷偷捏住胎儿小小的心脏，轻轻一捏。然后，婴儿的第一次心跳就开始了。

他们是点火者。

安静，隐蔽，而且非常温柔（要知道，世界上没有什么东西像五周大的胎儿心脏那样脆弱）。如果他们决定成为巧合制造师，那他们通常是该领域里最优秀的。

埃里克站在人行横道上。红灯持续了五秒钟，然后变成了绿灯，马路两侧的人群涌上路中间。

过程很快，所以要仔细看。

一个绿色眼睛的女人走来。埃里克也走来。

他步履缓慢，全神贯注。她面向他走来，正过马路，姿态笔直，正在沉思。

两人越走越近。

现在，我们要放慢世界的动作。注意看。

埃里克把手伸进口袋，掏出盖伊最后的心跳。

两人越离越近。

现在两人几乎是紧挨着对方了。

埃里克侧身伸出手来，不为人知地，他把心跳放进绿眼睛女人体内的小小心脏里。不需要挤压。盖伊的最后一个心跳平稳地插入了胎儿的身体，成为第一次心跳。

然后，他们分道扬镳。

埃里克对自己笑了笑。这次比艾米丽最后的心跳更简单，他想。他同样把它种在一个渴望跳动的小心脏里。非常简单。就像骑自行车一样，学会了就不会轻易忘记。

一日为点火者，终身为点火者，他这样想。

在街道的另一端，生命开始了。

摘自《巧合绪论》
——第一部分

FROM *INTRODUCTION TO COINCIDENCES*
— PART I

看看时间线。

当然了，这只是一种假象。时间是空间概念，不是线性概念。

但为了我们的目的，看看时间线。

看着它。看看时间线上的每一个事件如何自为因果。试着找到它的起点。

当然，你找不到。

每一个现在都对应着一个过往。

这可能是你作为巧合制造师将面临的主要问题——虽然不是最明显的。

因此，在学习理论和实践、公式和统计之前，在开始制造巧合之前，让我们从最简单的练习开始。

再看一下时间线。

发现正确的点，把手指放在上面，简单做个决定："这就是一切的开始。"

1

在笔记本上标记一个小"√"之前的三个小时,那个曾经自称为埃里克,很久以前则叫皮埃尔的男人坐在咖啡馆里,从容而缓慢地抿了一口杯中的咖啡。

这里也是一样,一如既往,时机就是一切。但他还有一点时间。事实上,他可以让事情自然发生。这就是提前做好精确准备的作用所在。他已经喂饱了鸽子,堵住了下水道,甚至昨天在统计学老师的盘子里放了一条烂鱼,就为了确保一切如期发生。

他坐在那里,修长的身躯稍向后靠,脑子里过着事件的安排,手里轻轻握着一小杯咖啡。他用眼角余光瞥了下收银机上方悬挂的大钟的秒针。和以往一样,在执行前的最后时刻,他喜欢在脑海中过一遍事件全貌,只是为了确认没有瑕疵。

"我以为会更简单。"和鲍姆一起坐在这间咖啡馆的时候,他曾这样说。

"我跟你说过的,"鲍姆说,"有五位巧合制造师都把这个任务退回了事,这不是没有道理的。因为目的不是让他们见面,而是使他们的关系能够持续下去。"

他们坐在一起喝啤酒。那时候他还是鲍姆的私人助理。鲍姆被誉为"最伟大的巧合制造师",多年来与这样的人一起并肩作战,使得他看人看事更加清晰,并最终走上了独立工作的道路。但这个任务看起来非常复杂,甚至是不可能实现的。

"在这件事情上,幻想朋友的要求是非常严格的。"鲍姆告诉他,"从一开始,我就不知道为什么你要接受这个任务。每个人都知道,没人会去安排与幻想朋友有关的巧合。幻想朋友总是把情况搞复杂。"

"一直当某个人的幻想朋友,我觉得这没什么问题。"他说。

"没错,"鲍姆说,"但是这样一来,一方就不得不想象另一方。这不是所谓的'让他们在一起'。爱的第一条规则是,它不能只存在于任何一方的想象中。"

"我知道,"他回想起当时自己的叹息,"我需要让他们辞掉幻想朋友的工作。"

"幻想朋友是不可能自己辞职的,"鲍姆漫不经心地指出,"他们必须被解雇,或者有正式的转换申请。而他俩的这种情况必须同时发生,否则你下一步工作中他们的年龄差就过大了。即使你让他们被解雇,谁知道他们会调到哪一个岗位?算了吧。把任务退回去。"

"但我已经开始行动了。"

"提交一份有追溯力的取消表格。"

"我从来不退回任何任务,"他说,"一旦我开始,就一定会完成它。"

鲍姆摇了摇头:"不管你怎么说吧。我尊重规则。"

"那我该怎么办?"

鲍姆想了想。"这是个好问题,"他又喝了一口啤酒,"老实说,我不知道。"

当鲍姆说出这句话,埃里克就知道,该自己想办法了。

他会搞定连鲍姆都没找到解决方案的事。他会——而且一定要——妥善解决。

这个解决办法不能只是凭空想象的,它必须真实、自然,而且不会违反规则。哎,他实在是受不了那第三条规则。

他曾经给鲍姆打过一个电话:"我需要你的帮助。"

理所当然地,鲍姆回了句:"我知道。"

"我需要组织一次巧合制造师课程。我们会提交申请来转换两位客户的身份。"

"好,好。"

"这个班的规模会很小,就三个人。"

"我说了我知道。"

"你很享受在别人说话之前就提前知道他们想说什么,是不是?"

"哈,你不知道有多爽。"

而现在,他将见证这部巧合交响曲的终章。

或者序章——这取决于你怎么看。

他从椅子上站起来,向女侍者示意他在空杯子下面折了个小费。然后他走到烈日下,深深地吸了一口气。该去公园了。

1

出门的时候,她觉得今天会是个好日子。也许是阳光投射到人行道上的方式,也许是一楼邻居阳台上崭新而陌生的气氛,也许是因为她的值班又一次被取消,她至少有一整天的时间可以独处。不管怎样,今天都会是个好日子。

一些恶心到家的白色半液体落到了她的右肩上,她抬头,看到一只粗鲁的鸽子敏捷地一掠而过,正带着刚刚排空了的肠胃。她一句话也没说,直接回去换衣服。

当她穿着有白色条纹的红裙子再次出门的时候,她决定,美好的一天从、现、在、开、始。

"你要的书还没到。"书商告诉她。

他是一个长着粉刺、神情淡漠的小伙子,正玩着手机游戏,而在他的周围,满是世界的珍宝,耐心地等着他从手机游戏中抽出时间,考虑读一读它们。

"你知道什么时候会到吗?"她问,"因为这些优惠券明天就过期了。"

"明天不会到,"他说,"你最好再看看别的。角落里有一些书,还没来得及上架。"

他朝这家小店的角落侧侧头，然后注意力立刻回到手机上。毫无疑问，手机才是他的第一要务。

这样的事不是第一次发生了。对此她也有自己的应对之策。

从旁观者的角度，看到的可能是一个心不在焉的学生，哼着不为人知的曲调浏览书架。而在她看来，这仅仅是在碰运气，这首歌哼完的一刹那，她的目光所落之处就是幸运书籍了。

然后她走向书商，把命运帮她选择的书摆在他面前。

她从没听说过这位诗人。以往她读散文为多，不过如果每天都走同样的路，你就不会有机会去新的地方。

回公寓的路上，她差点掉进一个敞开的下水道里。当然，好日子就是这样——下水道口居然在街中央敞开着。

戴黄色帽子的工人朝她跑过来拦住她时，她刚从打开的书上移开目光。

"施工中……危险。"他气喘吁吁地说。"绕行。"他指着公园的方向。

"怎么不放路障啊？"她问。

工人耸了耸肩，似乎英语说不太好。"危险，"他重复，"绕行。"

诗集中的某些东西吸引住了她。她不假思索地坐在公园里的一张小长椅上，面对着湖面，置身于浓郁的树荫下，开始读起来。这本书的奇特之处慢慢渗入她的躯体，里面的内容又孩子气，又很隐秘，这让她不能再习惯性地向世界索要答案，而是带着无声的赞赏去体验。

她从书中移开目光,轻轻闭上眼,再次感受微风带来好日子的气息。头顶上方的大树发出轻轻的沙沙声。她睁开眼,世界映入眼帘。

公园里绿意葱茏,湖面波光粼粼。湖对面,一个小伙子正往空中抛着不同颜色的球。

今天会是个好日子。

①

上午的这个时候,公园里空空荡荡。

偶尔,当他不能忍受呆坐在讲堂里听教授不断的唠叨时,他会来这里放松一下。学生归学生,但说实话,人类的心智并不适合在教室里关这么长时间。他需要一些空间。

所以他偶尔会翘课,主要是统计学之类的,绕着湖边跑跑,看看生机勃勃的草地,或是一直在边上工作的园丁,园丁会带着玩味的神色回头看他一眼。他会思考生活,还会练习杂耍。今天,还没等正式宣布完老师得了流感,他就已经跑出来了。

园丁今天也在,正在公园另一边的一座小山上,跪在地上打理着一片小型玫瑰丛。离他不远处,则坐着一个长腿的男人,若有所思地拿着一本打开的笔记本。

现在他可以同时耍四个球了。

学这个很容易。每次他都提醒自己,最重要的规则是不要看手。你需要观察空中的球,而不是把重点放在如何抓住他们的。

这有点奇怪。他从来没有认真练习过杂耍。但从一开始,他几乎就可以自然而然地做出这些动作。

他站在湖对面,就在公园中央,开始把球抛向空中,试着保持稳定的节奏，这样他就可以手上不停的同时在脑子想其他事情。

而当他看到她从湖的另一边望着自己时，一些事情发生了。

他的手不知不觉地停了下来，球落在他周围，她的样子（有点好奇又有点顽皮）穿透了他的灵魂。

她坐在那里，双手搁在一本书上，红白色的裙子伴着红发在风中拂动。

他习惯于女人的围绕，习惯于用魅力诱惑她们，让她们看他，或者用机智让她们兴致盎然。但没有一个人能让他觉得——怎么说呢——让他觉得自己是真的很在乎。就像是某种游戏。他不明白为什么，但就像耳边总有个人在悄悄告诉他，时候还没到。

但是湖对岸的这个姑娘，让他感到心脏附近在隐隐燃烧。

像一丛小而有力的火焰；像一次心跳；像一封刚刚被唤醒的旧情书，在肌肤下燃烧，一行，又是一行，都是因为她这双眼睛。

她把双手拢在嘴边对他喊："怎么停下来了？多好啊。"

他努力镇静下来，迅速捡起球。

"你在读什么？"他向她喊道。

她举起书，方便他能够看见。"这本书叫《人文主义》，"她说，"是一个叫艾迪·利维的人写的。"

"是讲什么的？"他回喊。

"你知道，诗歌……我也刚开始读……刚才我一直忙着看你，没有好好钻研它。"

"等我一下。"他一边喊,一边开始绕着湖跑向她。

在某处的一个小手提箱里,几段记忆四处滚动,就像孩子们在睡梦中翻身。

他已经不复记忆,但当时找到那只蝴蝶实在是不容易。

他觉得有点愚蠢,千山万水飞到森林里,四处游荡了一个星期,只为了找到某个特定物种的栖息地。他被蚊子叮得不行,差点成为豹子的盘中餐,还不得不和一只蝴蝶筋疲力尽地谈判了三天。

虽然他通过了那次考试,以优异成绩毕业,但他一直很想知道那到底是为了什么。某时某刻,扇动一次翅膀——这能带来什么好处?

他对小动作引起大反响背后的"蝴蝶效应"很熟悉。但老实说,这只蝴蝶的翅膀不会带来世界和平或是技术革命。轻微的空气流动,最多会带来更多的空气流动。如此而已,不是吗?

而且,如果每只蝴蝶都像这只一样有本事的话,根本什么都发生不了……

当他终于来到她的身边,风吹乱了她的头发。他想,这可能是他一生中见过的最美丽的画面。

她坐在那里等着他，双手仍然放在书上，同一阵微风把一股熟悉的气息带到她的鼻翼里，她的眉毛因惊讶而上扬。

那一刻，他脑子里有千言万语，皮相之下，靠近心房的那封情书散发出炽热的光芒。

"嗨。"这个不再是盖伊的人终于开口。

"嗨。"回答他的，是这个不再是艾米丽的人。

湖对岸的高个子在他的笔记本上果断地打了个小勾。

山上的园丁用手指抚摸着娇嫩的花瓣。

四个人都笑了，各自的理由略有不同。